Elena sabe

埃莱娜知道

Claudia Piñeiro

〔阿根廷〕克劳迪娅·皮涅伊罗 著

徐恬 译

人民文学出版社
PEOPLE'S LITERATURE PUBLISHING HOUSE

著作权合同登记号　图字 01-2023-6177

图书在版编目(CIP)数据

埃莱娜知道/(阿根廷)克劳迪娅·皮涅伊罗著；
徐恬译.—北京：人民文学出版社，2024
ISBN 978-7-02-018531-3

Ⅰ.①埃…　Ⅱ.①克…②徐…　Ⅲ.①中篇小说-阿
根廷-现代　Ⅳ.①I783.45

中国国家版本馆 CIP 数据核字(2024)第 022444 号

责任编辑　卜艳冰　邰莉莉
封面设计　李苗苗

出版发行　人民文学出版社
社　　址　北京市朝内大街 166 号
邮　　编　100705

印　　刷　山东新华印务有限公司
经　　销　全国新华书店等

字　　数　90 千字
开　　本　889 毫米×1194 毫米　1/32
印　　张　5.5
版　　次　2024 年 3 月北京第 1 版
印　　次　2024 年 3 月第 1 次印刷

书　　号　978-7-02-018531-3
定　　价　45.00 元

如有印装质量问题，请与本社图书销售中心调换。电话：010－65233595

献给我的母亲

现在我真正了解了，他说，那个人，和他一起生活的时候，毫无疑问，我毫无保留地爱着他，却从未真正了解过他。人类只有在另一个人已经死去的时候，才能够真正和他在一起，才能够真正地走进他。

——托马斯·伯恩哈德[1]《精神错乱》

一栋水泥建筑只不过是一座纸牌屋。只需要一阵精准的强风。

——托马斯·伯恩哈德《黑暗》

---

[1] Thomas Bernhard，原名尼可拉斯·托马斯·伯恩哈德（1931—1989），奥地利小说家、剧作家、诗人，主要作品有《维特根斯坦的侄子》《历代大师》等。伯恩哈德的作品被誉为"二战以来最重要的文学成就"，他被认为是战后最重要的德语作者之一。

I

早晨
（第二颗药片）

1

　　她试图抬起右脚，抬离地面几厘米，在空中缓缓前移，直到它超过左脚所在的位置，停留在这个地方，无论是远还是近，再将它放下。只不过是这点小事，埃莱娜想。尽管这么想，但无论她的大脑再怎么下达移动的指令，右脚仍旧纹丝不动。它没抬起来。没在空中前移。没再次落下。它纹丝不动，没抬起来，没在空中前移，没再次落下。只不过是这点小事。但她做不到。于是埃莱娜坐了下来，开始等待。坐在她家的厨房里。她得搭乘上午十点开往首都的火车；而下一班列车，十一点的那班，对她来说派不上任何用场，因为她在上午九点服了药，因此，她想，她知道，她必须搭乘十点的火车，那时药物刚见效不久，她的身体能够服从大脑的指令。立刻服从。十一点那班就不行了，因为那时候药效必然衰减，甚至消失，那她就会

遇上和此时相似的状况，甚至更糟，因为没法再指望左旋多巴①发挥它的作用。左旋多巴是一种药物，一旦开始溶解，便会成为在她的身体里不停循环的有机物；她知道这个名字已经有一段时间了。左旋多巴。他们就是这么告诉她的，她把这个名字记在了一张纸上，因为她知道她看不懂医生的字迹。左旋多巴会在她的身体里循环，她知道。这就是她正等待着的，坐着，坐在家中的厨房里。等待是此刻她唯一能做的事。对着空气历数街道。凭借记忆背诵每条街道的名字。从后往前再从前往后。卢波街，莫雷诺街，五月二十五日街，米特雷街，罗卡街。罗卡街，米特雷街，五月二十五日街，莫雷诺街，卢波街。左旋多巴。她家离火车站只有五个街区，不是很远，她想，继续背，继续等待。五个。她仍然无法迈着被注入力量的步伐，走在这五条街上，尽管她确实在静默中不停地重复它们的名字。今天她不想遇见任何人。任何会问起她的身体状况，以及为她女儿的死亡向她表示姗姗来迟的哀悼的人。她每天都会碰上某个没能为她守灵或者没能出席葬礼的人。他们要么是不敢来，要么是不想来。当一个人以里塔那种方式死去时，所有人都会觉得他们不得不来参加她的葬礼。因此，十点不是个好时候，她想，因为要想去火车站，就必须经过银行，今天是发放退休

---

① 一种缓解帕金森的药，全称为3，4-二羟苯丙氨酸，是酪氨酸经酪氨酸羟化酶的作用下羟化产生的一种氧化产物，具有儿茶酚羟基，可进一步生成另外一些有生物活性的物质。

金的日子，所以她很有可能碰上某个邻居。碰上好多邻居。尽管十点银行才刚开门，而那时她的火车正缓缓进入站台，她攥着车票，站在站台边沿，准备上车，但在这之前，埃莱娜知道，她必定会碰上那些早早就在银行门口排队的离退休人士，就好像他们怕银行的钱只够发给那些最先到达的人一样。要想避开银行，她只能绕一个苹果形的弯，而这是她的帕金森 ① 所不允许的。这就是那个名字。埃莱娜知道这个名字，已经有些时日了，她知道现在，在她的某些身体部位，比如脚，发号施令的已经不再是她。而是他。或是她。她问自己，到底应该用他还是她来称呼帕金森，因为，尽管这个专有名词听起来像个阳性名词，但它仍然是一种疾病，而疾病是阴性的 ②。就像灾祸。就像判决。因此她决定称它为**"她"** ③，因为只要想到她，她就会想"真是婊子样的臭病"。婊子只能是她，而不是他。请原谅我粗俗的言语，她说。**她**。贝内加斯医生向她解释了好多次，但埃莱娜依旧没能理解；她明白发生在她身上的事，因为那就存在于她的身体中，但她无法理解医生用的某些术语。第一次里塔也在场。里塔现在已经死了。医生对她们说帕金森是一种神经系统细胞的退化。这个词让她们两个都有些不舒服。退化。

① 一种常见的神经系统变性疾病，老年人多见，平均发病年龄为 60 岁左右，40 岁以下发病的青年较少见。

② 疾病对应的西班牙语单词是 enfermedad，是一个阴性名词。而后文中提到的灾祸（desgracia），判决（condena）也都是阴性名词。

③ 原文首字母大写（Ella），这里则用粗体字表示，下同。

让她和她的女儿。贝内加斯医生肯定意识到了这一点，因为他立马试图进一步解释。他说，这是一种中枢神经系统的疾病，它使神经细胞退化，或者发生病变，又或者变异，使它们无法继续产生多巴胺。那时埃莱娜才知道，在她的大脑下达运动指令的时候，多巴胺必须把这条指令传达给她的双脚，否则它们就无法履行任务。就像个信使，那天她这么想。所以帕金森是**她**，多巴胺是信使。而大脑什么也不是，她想，因为她的脚根本不听它的。就像一个被推翻的国王，尚未意识到自己已经无法管理这个国家了。就像故事里那个没穿衣服的皇帝，里塔还是孩子的时候，她就给她讲过这个故事。被推翻的国王，没穿衣服的皇帝。现在还有**她**，不是埃莱娜，而是她的疾病，信使和被推翻的国王。埃莱娜重复着这些名词，就像之前重复那些将她和火车站分隔开来的街道一样；这些名词和她一起等待着。从后往前再从前往后。她不喜欢没穿衣服的皇帝，因为既然没穿衣服，他就赤裸着身子。她更喜欢被推翻的国王。她等待着，重复着，将它们两两配对：**她**和信使，信使和国王，国王和**她**。她又尝试了一次，但她的双脚仍然不为所动，甚至没有反抗，仅仅是无动于衷。无动于衷的双脚。埃莱娜很想对它们大吼，脚，赶紧动起来吧，她真想对它们大吼，该死的，赶紧动起来，该死的，但她知道这样做一点用也没有，因为她的双脚并不会听她的话。因此她没有喊叫，继续等待。她重复着那些词语。街道，国王，又是街道。她甚至在她的祷告中加入了新的词语：

多巴胺，左旋多巴。直觉告诉她，多巴胺的多巴，还有左旋多巴的多巴，应该是一样的，但是她只是这么觉得，并不确定，她重复着，消遣着，任由她的舌头被词语绊住，等待着，这些对她来说都不重要，对她来说，唯一重要的就是随着时间的流逝，药片溶解，流动在她的身体中，直到抵达她的双脚，届时，它们终将明白，它们必须动起来了。

她很焦虑，这不是一件好事，因为焦虑的时候，药物见效更慢。但她没办法。今天她打算打出她的最后一张牌，试图查清到底是谁杀死了她的女儿，说服世界上唯一一个她认为能够被她说服、能够帮助她的人。通过这种方式来偿还一笔年代久远、几乎要被遗忘的债。她试图讨回这笔债，尽管里塔要是还活着，一定不会同意她这么做，生活不是一笔买卖，妈妈，有些事必须做，因为上帝这么要求我们。这不是一件容易的事，但她依然决定去尝试。她要去找的那个女人叫伊莎贝尔。她不知道她是否还记得她。很可能不记得了。但她肯定还记得里塔，因为每年年末她都会给里塔寄一张明信片。或许她还不知道里塔已经死了。要是没人告诉她，要是她没有读到那份在葬礼结束两天后，以里塔曾经为之工作的教区学校的名义发布的讣告，那是宣告里塔死亡的唯一一份讣告，教区学校的管理层和教学团队，里塔的学生和家长还陪埃莱娜度过了那段最艰难的时光。要是这天结束的时候，埃莱娜还没找到伊莎贝尔，到了十二月，这个女人肯定又会寄出一张明信片，寄给一个死人，祝她圣诞快乐，新年快乐。她肯定记得里塔，但是她，埃莱娜，她应该不记得了。就算她还记得她，也认不出她了，现在她佝偻着，身体衰老得与她的年纪毫不相称。这是她将要完成的任务，她会向她解释她是谁，为什么会出现在那里，在她面前，当她真的站在她面前的时候。她会给她讲讲里塔。讲讲她的死亡。尽管她只能向她讲述他人的叙述中为数不多的、她能够理解的部分。埃莱娜知道能在哪儿找到伊莎贝尔，但她不知道该怎么去。二十年前是她亲自把她带到那儿去的，当然，和里塔一起。如果她运气好，如果伊莎贝尔没有搬走，如果她没有像她的女儿那样早早死去，她就能在那儿找到她，在贝尔格拉诺一座古老的房子里，厚重的木门和铜质的把手，被几家诊所围绕着。她不记得那条街的名字了，要是她至少能够记得那时她的女儿向她提出的那个问题，你听说过一条叫作独立战争士兵的街道吗，妈妈？她就能想起那条街的名字。很快她就会知道它的名字了，因为她记得那条街就在那条环绕着布宜诺斯艾利斯，从雷蒂罗① 一直延伸到帕斯将军大道② 的街道旁，距它一到两个街区，那附近有一个小广场，

---

① Retiro，位于阿根廷布宜诺斯艾利斯的一个区，火车和巴士总站位于此区，是阿根廷最大的交通枢纽之一，雷蒂罗也是高档购物和住宅区，是受到布宜诺斯艾利斯上层阶级家庭和外籍人员欢迎的居住区。然而，这里仍有 26000 人生活在棚户区，因此也是布宜诺斯艾利斯最贫穷的地区之一。

② la General Paz，即 la avenida General Paz，是环绕布宜诺斯艾利斯市的环形高速公路。它大致沿城市与布宜诺斯艾利斯省之间的边界走，是阿根廷为数不多的免费高速公路之一。

还有一条铁路线。她们没看到火车，但听到了它行进的声音，里塔问，这是哪条线？伊莎贝尔没有回答，因为她在哭。为了打听怎么样才能再次到达那里，这一次——第二次，几乎是在二十年后，埃莱娜去了位于她家拐角处的那家租车行，这家店是几年前才开的，之前开在这里的是一家面包店，埃莱娜每天都会在这儿为她的家人购买面包，自从她来到这个街区，那时刚结婚，直到面包店消失、用来租赁的汽车出现。那儿的司机不知道她说的是哪条街，我是新来的，他解释道，随后，他去问了店主。他重复了埃莱娜的话，他说，那条环绕着布宜诺斯艾利斯的街道，从雷蒂罗一直延伸到帕斯将军大道，在一条铁路线边上，店主回答他，解放者大道，埃莱娜想起来了，那条街叫解放者大道，店主一说出这条街的名字，她就想起来了，她得一直往前走，一直到贝尔格拉诺[①]，一直到一个小广场。奥列罗斯街，另一个刚刚结束行程的司机说，这我不太确定，埃莱娜说，奥列罗斯街，男人肯定地重复着这个名字，她已经不记得那条街叫什么名字了，但她确实记得那扇木门，那个铜质的把手，伊莎贝尔，还有她的丈夫，关于她的丈夫她了解的不多。我们带您去？他们问她，埃莱娜拒绝了，她说，路太远，费用太贵，她说她打算坐火车去，无论如何，要是她自己一个人实在搞不定，或者说，要是她的身体状况实在不

---

① Belgrano，阿根廷布宜诺斯艾利斯48个街区之一，是该市最重要的商业区之一。

允许她去坐地铁，她就在宪法区的火车站^①打车，我们可以给你便宜点，店主提议，不用了，谢谢，她回答道，我们可以让你赊账，店主坚持道，我坐火车去，埃莱娜说，我不喜欢欠债，没给他们留下任何坚持的余地，地铁没法把您带到那附近，女士，您只能坐到卡兰萨，但那儿距离您想去的地方还有大概十个街区，他们对她说，要是您打车去，一定得小心，别让他们给您绕路了，您告诉司机，让他沿着七月九日大道^②笔直开，一直开到解放者大道^③，到那儿之后，再笔直往前开，一直开到奥列罗斯街^④，好吧，不对，那个认识路的司机纠正道，因为解放者大道到那儿之后就成了费格罗亚·阿尔科塔大道^⑤，所以在到达天文馆之前必须向左转，一直开到西班牙人纪念碑^⑥，然后再回到解放者大道上，或者在帕莱尔莫赛

---

① Constitución，布宜诺斯艾利斯的一个街区，坐落着布宜诺斯艾利斯最重要的火车站之一。

② 9 de Julio，布宜诺斯艾利斯的一条著名街道，具有重要的历史和象征意义。这条街之所以叫七月九日大道，是因为 7 月 9 日是阿根廷独立日。

③ Libertador，布宜诺斯艾利斯的一条著名大道，得名于阿根廷国父、南美解放运动的重要领袖何塞·德圣·马丁（José de San Martín），是该城市最重要和最长的道路之一。

④ Olleros，布宜诺斯艾利斯的一条街道，横穿了帕尔梅拉尔区的中心地带，连接了不同的街区和社区。

⑤ Figueroa Alcorta，布宜诺斯艾利斯市内的一条著名街道，位于城市的北部地区，是该市最重要的道路之一。该街道得名于阿根廷法学家和政治家埃斯特万·阿尔科塔·费格罗亚（Esteban Echeverría Alcorta）。

⑥ el Monumento a los Españoles，布宜诺斯艾利斯的一个重要纪念碑，是一座纪念阿根廷与西班牙之间的历史和文化联系的重要象征。

马场左转，店主补充道，但别让他们给您绕路，您真的不需要我们带您去吗？埃莱娜没有回答便离开了，因为她已经回答过这个问题了，对她来说，同样的问题回答两遍，实在太耗费体力了。

宪法区火车站，七月九日大道，解放者大道，费格罗亚·阿尔科塔大道，天文馆，西班牙人纪念碑，奥列罗斯街，一扇木门，铜质把手，奥列罗斯街，解放者大道，七月九日大道，宪法区火车站。从后往前，从前往后。她不记得应该把赛马场放在祷文的哪个部分。她等待着，思考着，又开始历数那些街道。那五条将她和火车站分隔开的街道，还有那些她不熟悉的，或者不记得的，那些她即将踏上的街道，为了讨回一笔她认为必须收回的债务。没有王冠的国王。她。她仍然保持着那个姿势，坐着，她试图抬起右脚，将它举到空中，此时她的脚接受了指令，它抬了起来。于是，她明白，一切已经准备就绪。她将双手放在保持着坐姿的两条大腿上，并拢双脚，让小腿和膝盖成九十度，之后，她把右手搭在左侧的肩膀上，又把左手搭在右侧的肩膀上，开始在椅子上晃动，最后，她猛地发力，站了起来。贝内加斯医生在给她做检查的时候就是以这种方式让她站起来的，她知道这样起身对她来说更加困难，但她还是想尽可能地多尝试，多练习，因为她想为下次的健康检查做好准备。她想让贝内加斯医生惊艳，让他知道她可以，尽管上一次见面的时候，那时距里塔死亡还有十五天，他对她说了那些话。她停在了那把她刚刚离开的椅子前，抬起右脚，抬离地面，就几厘米，在空中缓缓前移，直到它超过左脚所在的位置，直到两脚之间的距离足够将这一连串的行为称作迈出一步，这时，她放下了右脚，现在轮到左脚了，做一样的动作，一模一样的动作。抬起。在空中前移。落下。抬起，在空中前移，落下。

就是这样。只不过是这样。只是向前走，只是为了按时坐上十点的火车。

2

里塔死在一个即将落雨的下午。她房间的架子上摆着一只玻璃做的南海狮①，当所处环境的相对湿度接近一百的时候，它就会变成粉紫色，到了那个时候，雨就会匆匆落下，无一例外。她死的那天，南海狮就呈粉紫色。某年夏天，她在马德普拉塔②买下了它。埃莱娜和里塔每个偶数年都会去度假。在埃莱娜的病将她的一举一动变成让人感到屈辱的行为前，她们每隔一年都会去避暑。而在单数年，她们就会待在家里，把当年的积蓄花在刷墙或者进行一些刻不容缓的修缮工作上，例如修补一根破损的水管，挖一口新的污水池，因为杀虫剂把所有在旧的污水池里盘桓的蛆虫都消灭得一干二净，更换破旧的床

---

① 主要分布于智利、秘鲁、乌拉圭和阿根廷沿岸，是南海狮属唯一的种类。
② Mar del Plata，位于布宜诺斯艾利斯省大西洋沿岸的一座港口城市。

垫。上一个单数年，她们不得不更换几乎半个后院的地砖，因为一棵树的根系把它们统统撬了起来，这棵树甚至不是她们的，而是从女邻居家那一边的地底下鬼鬼祟祟地匍匐过来的，随后，它便在这个天堂扎了根。她们在科隆街租了一间一居室的公寓，再过去一个街区，这条街道就会攀上一座小丘，随后又下沉入海。里塔睡在卧室，埃莱娜睡在起居室兼餐厅，你起得那么早，妈妈，所以你最好离厨房近些，这样就不麻烦了。就像所有的偶数年那样，里塔早就在日报上标记了那些符合她们预算的分类广告，这样她就能从中挑选一间房主住得离她们最近的公寓，这样她去付钱、拿钥匙的时候就不需要跑太远，毕竟总的来说，所有公寓都没有区别，只是多一个优点或者少一个缺点罢了，比如说，扶手椅上有没有软垫，这些东西根本不会影响我们的假期。她们一起完成了这笔交易。尽管无论如何她们都会租下这间公寓，她们还是向房主要了公寓的照片，房主给她们看了，那些照片明显和现实不符，上面没有一丝污垢。然而这也不是个问题，因为埃莱娜喜欢打扫，在她的身体还允许她这么做的时候，这使她平静，甚至还能如同奇迹一般减轻她的背痛。某个下午，公寓还是那个公寓，却会变得干净整洁。她们没去海滩。人太多，太热。里塔不喜欢撑阳伞，而在无法确保总有阴凉的情况下，埃莱娜是不敢冒险去海滩的。不过，就算只是换换环境，也是好的。她们睡得比之前更好了，早餐吃刚出炉的羊角面包，用新鲜的鱼烹饪各式各样的菜肴，每天下午，当太阳没入一栋栋公寓楼之后，她们就出门，沿着兰布拉大道漫步。她们由北至南，沿着海边的小径前进，又由南至北，沿着街道旁的小径走回来。一路争辩。总是这样，每个下午。为任何事争辩。重要的不是她们争辩的事，而是她们选择的沟通方式，通过争吵来沟通，用一场争吵掩盖另一场，那场隐而不发的、藏在所有争吵之中的、超越了任何她们正在讨论的问题的争吵。她们争辩着，每次说出的词句似乎都是一次鞭打，一个人先挥了一鞭，另一个人又挥了一鞭。一下又一下。对手的身体被词句点燃，就像挥动着的皮鞭。没有人喊疼，她们只是不停地挥着鞭。直到两个人中的一个，一般情况下是里塔，决定结束这场争吵，不是因为她感觉到了疼痛，而是对自己将要说出的话感到畏惧，这个时候，她总会边嘟囔边走在另一个人身前两米处。

那个假期的第一天，她看到了那只玻璃南海狮，在一家卖纪念品的店里，和蜗牛项链、僧侣塔①形状的烟灰缸、镶嵌着贝壳试图拼接出某种图案的首饰盒、男孩、神甫或者高乔人形状的开瓶器，还有其他类似的东西摆在一起，开瓶器的弹簧直挺挺地竖着，就在生殖器的位置，这让埃莱娜和里塔不敢抬眼。里塔在玻璃橱窗前停了下来，用食指刚刚修剪过的指甲敲击着玻璃，对埃莱娜说，我们走之前得把它买下来。气象

① Torreón del Monje，阿根廷滨海城市马德普拉塔的地标性建筑，是一座哥特风格的建筑。

海狮：蓝色——晴天，粉色——雨天，橱窗的海报上是这么写的，手写的，用蓝色的圆珠笔，用的都是大写字母。埃莱娜不同意，别把你好不容易挣来的钱浪费在这种没用的东西上，我是要花钱买快乐，妈妈，已经萎缩的快乐，我们能不能别提这个词，萎，没错，你在银行工作的那个朋友就是这样，至少我还有一个爱我的男人，如果这让你感到快乐的话，女儿，在你身边很难感到快乐，妈妈，话音刚落，里塔觉得自己已经挥出了致命的一鞭，便将埃莱娜抛在身后，夸张地迈了几步，走到领先两米的位置上。埃莱娜在后方跟随着女儿的步伐，保持着两米的距离，没走几步，她又挥起了她的鞭子，像你这种暴脾气是永远得不到幸福的，遗传下来的东西是没人能抢走的，妈妈，或许吧，埃莱娜回敬了一句，两个人便都不说话了。走到省际酒店，她们转身朝南。接下来的每一天，她们都遵循着同样的惯例。散步，鞭打，距离，最后，沉默。她们调换着词句，调换着争吵的由头，但旋律、音调、惯例总是相同的。她们没再提起过那只海狮，尽管某个下午，在路过那家贩卖纪念品和蜗牛项链的商店时，埃莱娜笑了起来，说，你为什么不买下那个神甫开瓶器，送给胡安神甫？她的女儿并不觉得好笑，你真是个畜生，妈妈。

在为期半个月的假期结束之前，就像之前表示的那样，里塔买下了那只气象海狮。她是用现金买的。她有一张借记卡，是学校发给她的，在他们不再发现金，而是把她每月的工资打到借记卡上的时候，不过她从来不随身携带这张卡，怕被抢。她请求店员在打包时多裹几层纸，避免破损。但他们没有用纸，而是用了排满膨胀气泡的塑料膜，之后，里塔会亲自负责将这些气泡一个一个地挤爆。在公交车上，海狮在一个得天独厚的位置上结束了这次旅行，她的膝头。

埃莱娜仍然保留着它，就像保留所有属于里塔的东西那样。她把所有东西都装进了邻居给她的纸箱里；一个曾经装着29吋的电视的纸箱。邻居把它拿出来，是为了让收垃圾的人把它带走，是埃莱娜向他讨来的。为了装里塔的东西，她对他说，于是他什么话都没说便把它给了她，像在表达他的哀悼一样。他甚至帮她把它拿回了家。埃莱娜把所有的东西都一股脑儿地塞在里面。所有东西，除了她的衣服；她不能把她的衣服放进去，因为那上面还有她的味道，她女儿的味道。衣物上总是保留着亡者生前的味道，埃莱娜知道，即使她用不同的肥皂把它们洗过上千次，这是一种不会被任何香水、除味剂或白色的肥皂影响的味道，当那个总把它们弄脏的人还在的时候，她就是用这种白色肥皂清洗它们的。这是一种不属于这间房子也不属于这个家的味道，因为埃莱娜的衣服闻起来可不是这种味道。她的衣服散发的是一种活死人的味道。而这些衣服闻起来也有一股里塔的味道。她根本没法嗅闻这种味道，因为她的女儿并不会出现在这种味道之后。她丈夫去世的时候，他留下的衣服也是这样，但那个时候她还不知道，不知道当死去的是她的孩子的时候，这种滋味会变得更加难以忍受。因此，她不能把衣服放进箱子。她也不想把衣服捐给教会，因为这样一来，某一天，里塔的绿色套头衫就会再次出现在街角，庇护着另一个躯体。她在后院燃起一个火堆，把衣服都烧了。她用了四根火柴才点起火。首先烧起来的是一双尼龙长袜，被高温熔化、消失，变成人工合成的熔岩，之后，慢慢地，一切都燃烧起来；某件胸衣的钢丝，一些男式或女式的袖扣和拉链出现在灰烬中。她把冷却的灰烬装进一个垃圾袋里，拿到门口，这样一来垃圾清理工就会把它们带走。里塔的衣服不在邻居给她的那个箱子里。但鞋子在里面，除此之外，还有一副全新的、没有任何味道的羊毛手套，旧照片，她的电话簿，证件，所有证件，除了身份证，因为她不得不把那张身份证交给负责提供殡葬服务的公司，她的日程本，银行卡，尚未完成的编织，刊登在当地报纸上的一张照片，是教区学校所有教职工在所有教室落成当天在院子里拍的合照，胡安神甫送她的题过词的《圣经》，希望上帝的话语能够一直伴随你，就像伴随你的父亲那样，阅读时用的眼镜，甲状腺药物，一张圣依伯狄德①的画像，是学校的秘书在埃莱娜的退休金迟迟没有发放的时候送给她的，伊莎贝尔的女儿出生当天的剪报。伊莎贝尔和马科斯·曼西利亚很高兴他们的女儿，玛丽亚·胡列塔，1982年3月20

_____

① San Expedito，天主教圣徒、殉教者，生活在公元 3 世纪到 4 世纪，在戴克里先统领的第 12 雷电军团担任指挥官。

日降生在布宜诺斯艾利斯城。一张徒手剪下的告示，下手尽可能地准确，最大限度地保留了告示的边沿。一个文件夹，里面装满了曼西利亚一家在每年圣诞节给她寄的卡片。一个心形糖果盒，是她那位在银行工作的朋友送给她的，里面的巧克力已经被吃完了，现在装的是没用的纸杯蛋糕托和一捆信件，被胡乱地折叠起来，用一根粉红色的缎带随意地扎着，埃莱娜不敢看那些信，不是为了尊重她女儿的隐私，而是因为她不敢，因为她并不想了解那个她永远不想了解的故事的细节。或许在某些情况下，阅读女儿的情人给女儿写的情书，对于一位母亲来说，尽管是被禁止的，却是一件令人感到愉悦的事，埃莱娜想，确认女儿已经成了女人，被渴望着，即将履行她作为女人的职责，出生，成长，繁衍，然后死去，接替她撒下的、在这个世界上的岗位。埃莱娜看着那捆信，问自己，那个词，岗位，是从哪儿蹦出来的。岗位。不是这么回事，里塔已经不是一个不乏追求者的年轻女人了，罗贝托·阿尔玛达也早就错过了他最好的年华。他们是两个绝望的人，两个错过爱情的人，甚至连这都不如，他们只不过是两个从未尝试冒险的人，两个满足于在座位上观赏的人。对于埃莱娜来说，在这种情况下，如果她的女儿彻底放下了尝试冒险的念头，会体面得多。不过她仍然冒险尝试了，在她的母亲已经做了寡妇的年纪。她觉得这也没什么，不过是几个吻，几下笨拙的爱抚，几次身体的碰触，在广场上，当太阳消失在国旗纪念碑之后，或者在罗贝托家中，在他的母亲从美发店回来之前。无论如何，她宁愿不知情，更不愿从那些信中得知任何内情，比起她女儿写给罗贝托的，她更害怕看见罗贝托写下的、回应她女儿的文字。正因如此，她没有解开那根缎带，没打开那个蝴蝶结，没让那些写满字的纸活动自如，逍遥自在，她甚至连碰都不愿意碰它们，便把它们放回了那个糖果盒里，又把糖果盒放进了那个邻居给她的纸箱里，和她女儿所有的遗物放在一起，在大火带走了那些闻起来有她的味道的东西之后。

所有的，除了那只海狮。她把那只气象海狮放在了餐厅的柜子上，放在了收音机和电话之间，但比它们都要靠前一些。它们之间的距离就和里塔和埃莱娜每次吵架之后保持的距离成正比。一个显眼的位置。这样她就能每天看到它，这样她就能永远记得那个下午，里塔去世的那个下午，即将落雨的下午。

3

　　埃莱娜朝火车站走去。只有五个街区。这就是等待着她的东西。在她前方的东西。现在，此刻。走五个街区，然后她就能用余光搜寻开着的售票窗口，说买宪法广场的往返票，打开钱袋，掏出前一天晚上她数好的、刚够付车票的硬币，伸出手，让售票员取走硬币，并把车票递给她，她紧紧地捏着那张让她有上车资格的纸，以免它掉落，把它塞进外套口袋里，等到确认这张纸没有被遗落的风险，再沿着有扶手那侧的楼梯往下走，最好扶手在右侧，因为她右边的胳膊能更好地响应大脑的指令，走下所有的台阶，向左转，穿过地道，忽略散发出一股强烈的尿骚味的墙壁、天花板和地板，埃莱娜在地板上拖着步子前进，她第一次走这条地道的时候就闻到了这股难以忍受的酸臭味，那个时候她还不需要服用任何帮助她走路的药

片，那个时候她还不知道什么被推翻的国王，也不知道什么信使，那个时候她牵着里塔的手，那个时候里塔还是个小女孩，后来，长大后，她就总是走在领先她两米的地方，从以前到现在，这个地方一直充斥着这股尿骚味，光是想想这股味道，她都觉得鼻子在燃烧，她总是闭上嘴，再用手捂住，以防将这股味道吞进肚子里，她牢牢地捂着嘴，绕过卖大蒜和辣椒的女人，卖她不知道该怎么听的盗版CD的年轻男子，卖挂着彩灯的钥匙扣还有走的时候发出响声的闹钟的女孩，还有一位失去双腿的先生，他伸着手，向过往的人讨要硬币，就像几分钟前她伸出手取她的火车票那样，她再次向左转，爬上与刚才下楼梯时同样级数的台阶，这个时候，没错，她终于抵达了站台。但所有这一切，埃莱娜知道，都发生在她成功地走过这五个街区之后，然而，此刻她还没走完。连第一个都还没走完。有人和她打招呼。她僵硬的脖子迫使她在走路的时候只能看向地面，因此，她并没有看到那个人是谁。迫使她无法抬起头的那块肌肉叫作胸锁乳突肌。它向下拉拽着她的头。胸锁乳突肌，贝内加斯医生告诉她，埃莱娜请求他把这个名词写下来，用大写的印刷体，医生，因为如果不这样的话，我就看不懂您写的字，我要永远地记住这个名字，记住这个刽子手的名字，就算它戴着风帽，我要把它加入我等待时的祷告中去。和她打招呼的那个人继续向前走去，尽管她用余光瞄了瞄，却依然没有辨认出那个往相反方向走去的人的脊背，无论如何，她还是说了早上好，因为那个和她打招呼的人说，早上好，埃莱娜，既然他知道她的名字，她就应该和他打招呼。在第一个十字路口，她等到一辆车开过，才穿过马路。低垂着头，她只能看到前进着的、磨损了的轮胎，它们从她面前经过，又渐渐远去。她走下路沿，迈着小碎步快速地走着，用鞋底摩擦着滚烫的沥青地面，迈上下一条街的路沿，她停留了一会儿，只是一小会儿，便继续朝前走去。再往前走几步，脚下近似西洋跳棋黑白棋盘的方砖就会提醒她，她正走过助产士门前。自从里塔知道有人来这栋房子堕胎后，她就再也没踏上过这条方砖近似棋盘的人行便道。堕胎士，不是助产士，妈妈，这话是谁跟你说的？胡安神甫，他又是怎么知道的？因为他聆听教区所有人的忏悔，妈妈，他怎么可能不知道，难道他不需要保守别人在忏悔时吐露的秘密吗？他没告诉我谁在帮人堕胎，妈妈，只是告诉我在哪里，难道这不算忏悔时吐露的秘密吗？不算，谁告诉你不算的？胡安神甫。埃莱娜跟随着思绪，她并没有踏上那近似棋盘的人行便道，而是穿过街道，沿着街对面的人行道继续往前走，尽管不久之后她仍然需要走回到这边来，但似乎一踏上这条人行便道，她就会沾染上某种东西，或者变成它们的同谋，就像踏上这条人行便道本身就是一种罪过一样。但是里塔已经不在了，有人杀了她，尽管其他的人都不这么认为，埃莱娜知道，她必须尊重他人的观点，但她仍然无法态度一百八十度转弯，接受所谓的事实，就这样给她女儿的死画上句号。里塔就是在这条人行便道上认识伊莎贝尔的，埃莱娜想，那个她今天上午出门寻找的女人，她第一次把一件事和另一件事联系了起来，于是，她重重地踩着地面，平和，安静，就像这些她女儿诅咒了那么多次的方砖突然有了意义一样。走到第二个街区的尽头时，她犹豫了。要是她继续往右走，再走三个街区，就能到达火车站售票处，在那里，她会开口求取一张宪法广场的往返票，但这条路会经过银行大门，这个时候那儿正要发退休金，所以她很可能碰上某个人，这个某个人很可能想向她表示哀悼，这可能要花费比她预计的更多的时间，所以毫无疑问，她必定会错过十点的火车。要是她绕过这片街区，她就得再多走三个街区，这样一来就太难为她的病了。埃莱娜可不想欠**她**人情。不想欠债，也不想欠人情。**她**会让她后悔的，埃莱娜知道，因为她了解**她**，就像了解她的女儿一样。婊子样的臭病。刚开始，她只是要费很大的力气，才能把左边的手塞进外套里，那个时候她还从来没听谁提过美多芭①，更别提左旋多巴了，那个时候她拖沓的步伐还没有专门的名字，那个时候她的脖子还不像现在这样僵硬，迫使她只能看向自己脚上的鞋，从那个时候起，她就有意避开银行前面的人行便道。尽管那个时候还没有人会对她致以哀悼，当时她这么做，只是为了避开罗贝托·阿尔玛达，里塔的朋友，美发师的儿子，我的男朋

---

① 即多巴丝肼片，是左旋多巴和苄丝肼组成的复方制剂，是一种抗帕金森病的药物。

友，妈妈，到了你这个年纪就不能再有男朋友了，那你想让我怎么称呼他？罗贝托，这就够了，甚至有点过了。但这一次她没法鼓足勇气。当她踏上那些灰色的地砖，比路上其他的地砖更大、更亮，埃莱娜知道，她正经过银行门前。在这些地砖上来来往往的人络绎不绝，埃莱娜虽然是本地人，却像意大利女人一样善良，每次提到银行，罗贝托十八岁起就开始在这儿工作了，她总喜欢向罗贝托反复描述银行门前的人行道发出的闪光。她用余光瞄到了身边那一双双在银行门前排着长队的鞋，她能够看到穿着这些鞋的人，但最多只能看到他们的膝盖。她没看到有人穿便鞋，也没看到有人穿牛仔裤。只有磨损严重的皮便鞋、麻鞋，还有一只拖鞋，里面装着一只缠着绷带的脚，一直缠到脚踝。一双双深紫色的脚，布满了静脉血管和斑块，沾满了污渍，肿胀着。都是些饱经沧桑的脚，她想，害怕钱没了的老年人的脚。她不再看它们，害怕认出某条小腿，她不想在这儿停留。等到终于走到队伍的末尾，她才觉得自己安全了，因为她左边已经不再有排成队的鞋子了，这时，有人对她说，早上好，埃莱娜，她没有停下，就好像没有听到这句问候一样。于是，那个人加快步伐，在地砖上迈了几步，赶上了她，拍了拍她的肩膀。罗贝托·阿尔玛达，那个里塔坚持把他称作我男朋友的人。那个碍事的人，为了激怒她的女儿，埃莱娜常常这么称呼他。或者那个驼背，从他小时候起，街区的人就是这么叫他的。但现在埃莱娜已经看不到他驼着的背了，就算她再怎么努力，也只能看到他的胸口，而罗贝托的背恰好驼在右侧的肩胛骨上。你好，堂娜①埃莱娜，他又说，这声堂娜像把刀子一样扎进了埃莱娜的双眼；她回应道，哦，罗贝托，刚才我没认出你来，因为这是双新鞋，对吗？他看了看自己脚上的鞋，回答说是，是新的。两人陷入了沉默，埃莱娜几近磨损的鞋对着罗贝托的新鞋。罗贝托不自在地挪了挪双脚，我妈妈向您问好，她说您有空的话可以随时来美发店，要是您对上次的发型还算满意，她就免费送您一次修剪和一次造型，埃莱娜向他表示了感激，尽管她知道那个上次也是唯一一次，就在她去罗贝托母亲的美发店的那个下午，她的女儿死了，此时，她的思绪骚动着，意欲回到那天下午，但她阻止了它们，因为现在她没有时间做这么奢侈的事。回到那天下午会让她错过她的火车，于是，她用毅力驱散了她的思绪，努力留在当下，面对着罗贝托。她唯二需要去他妈妈店里做的事情，就是让人帮她褪去嘴唇上那长得如同阴影一般的汗毛，以及让人剪掉她的脚指甲。手指甲她可以自己剪，或者自己锉，但脚指甲不行。她已经有一阵子没关注自己的脚指甲了，里塔死后，大拇指的脚指甲越长越长，甚至戳进了鞋尖，她担心再这样下去，指甲会把本来不该破的地方戳破，或者让已经磨损的皮鞋开裂，那样的话情况就会更糟。里塔每隔十五天就会给她剪一次指甲，

---

① Doña Elena，堂娜（Doña）是西班牙语中对女性的尊称。

她会端来一个装着温水的大脸盆，里面放着一小块正在缓缓融化的白色肥皂，它能软化她坚硬的指甲，还有一块干净的毛巾，总是同一块，每次里塔都会把它洗得干干净净的，和大脸盆放在一起。给她剪指甲的时候，里塔会厌恶地皱起脸来，但她会继续这套流程，尽力不去看那衰老的、鳞状的、肿胀得像一块肮脏的干海绵一样的指甲。她会把埃莱娜的一只脚搁在她的膝头，再开始修剪。剪完之后，她会用洗涤剂清洁双手，一、二、三次，有时候她还会用漂白剂洗手，假借着消毒毛巾，不让细菌在毛巾上滋生的名义，那些不像我这样有个给我剪指甲的女儿的人该怎么办啊，里塔，任由它们脏兮兮的，妈妈。我已经把您的退休金存在您的储蓄卡里了，就像之前我们说好的那样，罗贝托说，埃莱娜又道了一声谢，忘记了指甲的事。里塔死后，罗贝托主动提出要帮她领取退休金，这样一来她就不需要在这种状况下去银行排队了。什么状况，罗贝托？埃莱娜问。这样您就不用麻烦了，你是从什么时候开始担心我麻不麻烦的？我一直很担心您，埃莱娜，担心您的病，您得公道些，你去吃屎吧，罗贝托，她说，但她最后还是同意了。以前这些手续都是里塔帮她办的，但现在她已经不在了，尽管埃莱娜不喜欢这个男人，但在银行里有个朋友也不是没有好处。要是您知道我有多么想念您的女儿，她听到他说，这些话在埃莱娜听来是那么刺耳，就像她能料想到的、那些她没有阅读的信件上的文字一样让她感到厌烦，那些信件仍然被保存在那个邻居给她的装电视的箱子里，上面扎着一条里塔精心挑选的缎带。她知道他不会杀她，不是因为他说的话，也不是因为那天他做的事，更不是因为那些他永远无法做成的事，而是因为一个像他那样的驼背根本不可能对里塔做出那种事。能够对里塔做出那种事的人就没几个，尽管如此，真相依旧从她身边悄悄地溜走了，她很难想象到底是谁做出了那种事，正因如此，她才需要他人的援助，因为她没有可以归咎的人，甚至没有怀疑的对象，没有动机，只有死亡。我赶时间，我要错过十点的火车了，埃莱娜对他说，与此同时，她将一只脚在空中抬起，准备继续前进，这时他问她，您敢一个人出行？我一个人住，罗贝托，她说，并没有停下迈出的步伐。一阵短暂的沉默过后，他说好吧，好吧。但是她早已继续前进了，朝着火车站，与此同时，她用余光在周围的地砖上搜寻着，她知道罗贝托还在她身后注视着她，因为他的鞋子还在那儿，一动不动，两块黑色的皮革，如同地上的砖石一般闪耀着，指向她前进的方向，她，一个人，没有任何人陪伴，脚拇趾的指甲顶着鞋尖，沿着那条通向售票处的路前进着，还有两个街区，她就能买到她的车票，她会握紧拳头，保存好那张车票，直到把它放进外套的口袋里，她会走下楼梯，穿过那条散发着尿骚味的地道，走上站台，疲倦地躬着身子，等待她的火车到来。

4

里塔出现在教堂的钟楼上，悬吊着。死了。一个落雨的午后，没错，雨。埃莱娜知道，这不是一个微不足道的细节。就算所有人都说她是自杀的。朋友，或者陌生人，所有人。不过无论他们再怎么坚持，或者再怎么保持沉默，没人能够驳斥即将下雨的时候，里塔不可能去教堂的事实。就算是死也不可能去，要是有人在那件事之前问她的母亲，她就会这么说。但现在她已经不能这么说了，因为她就在那里，那具没有生命体征的、已经不再属于她的女儿的尸体，在钟楼里，在一个下雨的日子里，纵使她无法向自己解释她的女儿到底是怎么去到那里的。里塔害怕闪电，从她还是个小女孩起就是这样，她知道教堂上的十字架会招来闪电。那是镇上的避雷针，她的父亲教她，但他不知道这句简单的话会让她再也不想在暴风雨中靠近它。如果下雨，她既不会靠近教堂，也不会靠近因查乌斯佩家，这是村里唯一一户在那个年代就有游泳池的家庭。水是电最好的导体，而游泳池就像磁铁，她曾经在新闻报道里听到一个工程师这么说，新闻在评说一起发生在某家乡村俱乐部的事故，在一场雷暴中，一道闪电夺走了两名不顾**禁止游泳**[①]的告示，执意下水游泳的年轻男子的性命。随着时间的流逝，镇子里出现了更多的游泳池，或者更多的避雷针，但她不愿知道这些，因为这类信息会使她动弹不得。不能踏上助产士家门前棋盘状的小径，不能在下雨天去教堂，不能靠近因查乌斯佩家，这些对她来说已经够麻烦的了，不能再多了。更不用说里塔在碰到一个红头发的人的时候，会拍拍自己的右臀，同时用念诵天主经的语调喃喃自语，把你生下来的那个红发婊子，还有，要是听到有人提及利维尔蒂，一个可怜的老头，在这个街区被视作厄运的象征，因为他总会在不合时宜的时间出现在不合时宜的地点，那棵松树倒下，砸穿了费拉里家的房顶的时候，他就在他家对面，甘德家的寡妇被抢退休金的时候，他就在银行门口排队，贝内加斯医生的车和运送垃圾的卡车亲密接触的时候，他就在那个街角，还有很多类似的事，要是听到有人提及他，她就会用右手触摸左胸。不知道更好，里塔总说。从她开始在教区学校工作起，那时她才十七岁，她的父亲于几周前去

---

① 原文为 Prohibido Bañarse，首字母大写，这里用粗体字表示。

世，胡安神甫去了合作委员会说情，年纪轻轻的她才得到了她去世的父亲留下的职位，从那时起，里塔就学会了在下雨天编造各式各样的借口，逃避他们派给她的去教区办理手续的任务。刻不容缓的工作，胃痛或头痛，甚至假装晕倒。无论是什么，只要能让她不在雨天接近那个十字架。一直是这样。因此埃莱娜认为，她知道，这一点不会突然改变，就算是在里塔死的那天。就算没有人相信她的话，就算这点对所有人来说都不重要。要是她的女儿在一个下雨天出现在教堂，必定是有人把她拖到了那里，在她还活着或者已经死了的时候。某个人或者某件事，阿维亚内达探长说，局里把任务分配给了他，让他跟进这个案子，为什么您说某件事，探长？什么事？不，我不知道，我只是这么一说，阿维亚内达回答，不知道就别乱说，她责备道。

几个孩子发现了她，胡安神甫让他们上钟楼敲钟，宣告七点的弥撒即将开始。他们尖叫着冲了下来，奔跑着穿过大殿，一直跑到圣器室。胡安神甫不相信他们的话，从这里出去，淘气鬼们，然而，孩子们坚称自己说的是真的，推搡着胡安神甫，把他带到了钟楼。一具尸体悬吊在一根麻绳上，麻绳则悬挂在支撑着铜钟的支柱上。一根磨损了的麻绳，没有人能解释它是怎么长时间地承受她身体的重量，直至夺去她的生命的，最后一次清理穹顶的时候，绳子就被遗落在了钟楼里，和一些大木板一起，这是埃莱娜读了调查报告之后才知道的。天哪，神甫嘟囔道，尽管他第一眼就认出了她，却没有说出她的名字，他怎么可能认不出她，他扶起恰好倒在悬挂的尸体正下方的椅子，站了上去，摸了摸她的脉搏。她死了，他说，那几个孩子早就清楚这一点了，因为他们经常玩这种游戏，扮作警察或小偷，开枪杀人或装死，所以他们知道，那个悬吊在铜钟上的女人并不是在玩。胡安神甫带领着他们沿来时的路返回圣器室，不过这一次他让他们在胸口画十字，还让他们在经过供奉着已被赐福的圣饼的圣物存放处时微微弯曲膝盖。诸位在这里等，他对他们说，之后便报了警。他请求警察局长在七点的弥撒之后派人过来，来做弥撒的人已经陆续到达教堂了，他不想中止弥撒，况且这天还是基督圣体圣血节①，圣三节②后的星期四，要举行圣体圣事，总而言之，此时除了祈祷，我们也不能为那位女士做别的了，局长。警察局长承诺不会搅扰这场圣事。逝者已逝，神甫，更确切地说，那位女士已经不在了，这对于人们来说是一次不小的打击，可怖的打击，还是让他们心平气和地离开，明天再得知这个消息吧，她的家人呢？您认识她吗，神甫？她没有别的家人了，局长，只有她母亲，一个生

---

① La Solemnidad de Corpus Christi，也称为圣体圣血瞻礼、基督圣体宝血日，是天主教和部分圣公宗以及信义宗会庆祝的礼仪和节日，这是为了纪念在弥撒中举行圣体圣事，将耶稣的圣体与圣血奉献出去。一般而言这个节日在天主圣三节后的星期四，在某些不方便在周四举办的地方则移到周日举行。

② La Santísima Trinidad，也称为圣三一主日，是传统基督教节日，旨在纪念颂赞圣三位一体上帝的奥秘。

病的女人，我不知道她会怎么想，您不用担心，神甫，我们会负责这件事，各司其职，各安其位，各尽其责，各得其所。警察局长挂断电话，开始处理，胡安神甫向他请求的时间恰好也是他拨打在外巡逻的人的移动电话，集合一组警员和通知一位法官所需要的时间。诸位在这儿等我回来，别乱跑，胡安神甫对那几个孩子说，与此同时，他换上了礼拜时穿的教士服，上帝会一直注视诸位的，眼下别和任何人说话，哪怕只是一个字，他补充道，不过这根本是多此一举，因为那几个孩子早就蜷缩在圣器室的大扶手椅上，缄默不言了。

没有钟声宣告弥撒的开始，但弥撒仍然正常进行着。要是那时有人注意，要是这个人记性还不错，他就会记得，那天，在教堂的静默中，只能听到雨落在教区庭院的声音。但没人会比埃莱娜更关注那天下午的雨。只有勇敢的人，埃莱娜知道，才能记住那些细节，而一个人是没法选择到底是要成为一个懦夫还是一个勇敢的人的。

神甫说，以天父之名，所有人都从座位上站了起来，背对着悬挂在几米之外的高处的身体画着十字，就好像它不存在一样。那天大概来了二十多个人，他们湿漉漉的雨伞松散着，被放在稀稀拉拉的空位上。站在祭坛上，胡安神甫能看见放置着管风琴的露台，每个星期天唱诗班就在这里表演。管风琴边上就是通向钟楼的最初几级台阶。之前神甫从来没有意识到能在祭坛上看到这几级台阶。他用小麦花滋养它们，用从石头里取出的蜜糖哺育它们，哈利路亚。在念诵经文之前，第一个警察进入了教堂。连接着两扇木门的合页发出的响声使得很多人扭过头去，试图弄清是谁在这个时间进入教堂，已经太迟了，已经错过弥撒了。在七点的弥撒上看到警察是一件十分罕见的事，尤其是穿着制服的警察，不过进来的人马上摘下了头上被雨淋湿的帽子，在胸前画了个十字后便在最后一排找了个位置坐下，就好像他本来就是来聆听上帝的话语一样。教友们：我从主那里学到了我此刻教给你们的东西，那就是：我主耶稣，在被出卖，被交出去的那个夜晚，拿起了那块面包，感谢了天恩后，他将那块面包切开，说。然而，在分发了面包之后，又来了两个警察，他们可没像第一个警察那样脱下被雨淋湿的帽子，也没有在胸前画十字，以此消除人们的疑虑，不过他们确实意识到了什么，并试图用帽子遮住别在他们腰间的常规武器。祈祷声中响起了一阵压低声音的议论。几个女人飞快地抓起她们放在前排座位上的小包，挂在胳膊上，其中一个女人担心警察是来追捕藏身于教堂中的某个小偷的，怕小偷在逃跑的过程中把她的包也顺走，另外几个则担心即将发生某件大事，此刻事态尚且不甚清晰，但她们随时都可能需要立即撤离，剩下的一些人则是因为看到别人都这么做了。审视，因此，审视自身，这样一来人就会变得谨慎，吃了这块面包，喝了杯中的酒，因为谁要是不配吃不配喝，就得吞下他应受的苦果。在那些有资格领取圣餐的人，或者没资格却依然去领圣餐的人舌头上还沾着圣饼的碎屑，从边上的过道走回来时，一声巨响，最初这个声音是模棱两可的，很难判断它到底源自哪里，之后，一声清脆的撞击，然后是什么东西被弹起的声音。所有的人都扭头朝上方看去，除了胡安神甫，他只需要动动眼睛就行了。三个警察迅速戴上帽子，向上冲去。他们在你中等待，我们的主，众人的眼睛都注视着你，吃我肉喝我血的人常在我里面，我也常在他里面。胡安神甫站在祭坛上，看管着尚未分发殆尽的圣饼，与此同时，他看到那三个警察飞快地攀上了通向钟楼的最初几级台阶，一个接一个地消失不见了。人们也看着他们，之后又看向神甫，似乎是在向他寻求一个说法。坏人和好人都吃下了它们，对好人来说它们满溢着生命，对坏人来说则是致命的佳肴。挂在铜钟支柱上的麻绳终于断了，身体的重量使绳结脱落，而里塔，死去的里塔，重重地坠在了钟楼的地板上。给好人生命，让坏人死亡，这被赠予的佳肴，哦，产生了多么大相径庭的效果！神甫站了起来，走向祭坛中央，准备完成弥撒上的最后一次赐福。你活着，统治着，永世不息。现在诸位可以离开了。我请求诸位都离开这里，回到各自家中，这里已经没有什么能做的事了，无论是对于诸位来说，还是对于任何人来说。他陪同教民一直走到门边，在其中一些人的坚持下，他不得不告诉他们，有人在铜钟上吊死了，但他并没有说这个人是谁，等到最后一个在场的人也离开了，胡安神甫便又一次爬上了教堂的钟楼。除了那三个警察，在场的还有一个穿着套装的男人，神甫根本没看到他上来，您是……负责这个案件的法官，其中一个警察回答神甫。法官在记笔记，一个警察用粉笔在水泥地面上勾勒着里塔的身体轮廓，另一个在拍照，还有一个则在法官和神甫的见证下，小心翼翼地把那条几分钟前还缠在里塔脖子上的绳索放进了一个塑料袋，袋子上贴着一个白色的标签：证据，编号一。它也是用来解释这场死亡案件的为数不多的证据之一。

5

坐在火车站的长凳上,她等待着。冰凉的水泥穿透了她的衬裙。卖热狗的摊位上在烧热水。人不太多,比她预计的多,但没有多到火车一到站,她一上车,连一个座位都找不到的程度。前面的几趟车,七点的,八点的,甚至九点的,埃莱娜知道,对她来说都是不可能完成的任务,无数人在等待,无数人在同一扇门上车,这样一来她就不得不穿越人群,登上本就载着无数乘客的火车。对这些人来说,十点钟的火车毫无用处,因为他们必须遵照固定的时间表行事,他们每天起床是为了去完成他们在办公室、在学校或者在银行的职责。甚至对那些在商店工作的人都毫无用处,因为十一点左右火车才能抵达宪法广场,到了那个时候,他们所在的城市早已厌倦了来回穿梭。除开那些不得不早起的大多数,剩下的,剩下的那些能够在晚

些时候开启自己的一天，和埃莱娜共乘这一班火车的人，已经不多了。一群即将度过青春期的年轻人抱着他们的文件袋，开怀地笑着，他们时不时地相互推搡着，以此来增强某个人刚讲的笑话的效果。两个穿西装的男人，分别站在月台的两端，阅读着同一份报纸，或许此刻他们正在阅读同一篇新闻，甚至同一个字，但他们本人对此却毫不知情。一对因为丈夫刚买的药的价格争吵的夫妻。下一班开往宪法广场的列车将于十点零一分抵达二号站台，广播里传出一个含混的声音。埃莱娜坐的那条长凳上还坐着一个女人和她的女儿。那个小孩的双脚触不到地，埃莱娜看着她在空中摇晃着双脚。她知道女孩正在看她。她知道女孩凑近母亲，在她的耳边轻声说了些什么，一会儿我再告诉你，母亲回答她，于是女孩又开始在空中舞动双脚，只不过比之前更快了。埃莱娜看向前方，看向她的目光允许她看到的最高处；对面的站台下码放着成堆的垃圾，其中的一些会随着时间的流逝而消失，埃莱娜知道，另一些则会一直存在，在她消失后继续存在，塑料瓶，泡沫杯，水泥碎块。一个人从埃莱娜身旁走过，吹着口哨。口哨声渐渐远去，直到被远处一阵突如其来的脚步声彻底覆盖。埃莱娜的脚颤抖起来，她问自己，这到底是地板还是**她**造成的，尽管她尚未得出答案，却几乎出于本能地抓紧了长凳的边沿，因为她清楚，不会发生任何坏事，她清楚，这个月台，这条长凳，这些墙壁早已习惯了每分每秒的颤抖，就算没有任何事发生，就算没有任何人注意，只有埃莱娜。坐在她边上的女人和女孩站了起来，朝站台尽头走去。母亲牵着女儿的手，拖着她前行，并对她说，你快点，但有什么绊住了她，因为虽然她正朝前走着，却一直扭头看向后方，看向正试图从同一条长凳上站起身来，从刚才她摇晃双脚的条长凳上站起身来的埃莱娜，那位女士怎么了，妈妈？她问，一会儿我再告诉你，母亲又一次说道。火车车厢飞速从埃莱娜眼前掠过，一节接着一节，就像一道闪电，它们的重量压着铁轨，除了金属的碰撞声，她听不到任何声音。直到这道闪电渐渐失却了它的速度，直到金属的碰撞声渐渐平息，其他的声音才陆续浮现，之前被高速运动模糊了的画面慢慢明晰，出现了一扇又一扇的窗户，窗户后面是搭乘火车出行的人，等到埃莱娜能够顺利起身，她也将出现在窗户后，成为出行大军中的一员。车门打开了，发出了被压缩的空气在被释放时发出的那种声音，埃莱娜艰难地拖动脚步，试图在车门再次关闭、把她丢在月台上之前抵达。想上车的人很多，埃莱娜紧紧贴着前方的人，和她一起上了车。响起了一声口哨，后面的人推了她一把，她很感激他能这么做。上车后，她想找一个空座，随便哪个，离她最近的，她向那个座位走去。火车开始摇摆，轻轻地，就像身处摇篮之中一样。随着火车的行进，速度的提升让行驶变得平稳起来。一个年轻人焦急地从她身边走过，撞上了她的身体，又继续朝前走去。她看到一双属于另一个男人的脚，脚尖正对着她的脚尖，两双脚就要接触的时候，那双脚停了下来，借过，面前的男人对她说，埃莱娜试图挪向一边，但她腾出的空间实在叫人不易察觉，因此他又重复了一遍，借过，女士，她又尝试了一次，但也没能腾出比上一次更多的空间，于是，那个男人侧过身子，举起手，抓住他的包，从她身边离开了。她又能看见那个空座了，就在两排座位之后，她朝它走去，但就在快要走到的时候，一个女人在那个座位上坐了下来，她只能看到那个女人穿着一条短裙，一条印着花的红色短裙，在她坐下的那个瞬间，短裙出现了短暂的骚动，但很快便平息了。埃莱娜不得不重新开始，她将视线上移，用她爬满皱纹的额头努力地观察着，千方百计地让她那低垂的头再多抬起来一点，当她终于成功做到这一点的时候，她快速地扫了一眼，锁定了另一个空座，她将它的位置刻在脑海中，便低下了头，让脑袋回归到**她**规定的位置上，她已经知道了，这节车厢末端有两个空座，只要穿过整条走道，她就能到达那里，抬起右脚，在空中缓缓前移，直到它超过左脚所在的位置，但在落脚之前，一只手在她的手上拍了拍，您坐这里吧，一个她看不到脸的男人对她说，她对他说，谢谢，便坐了下来。那个站起来让座的男人向前走去，在车厢末端的空座上坐下。埃莱娜把包放在膝头；在她身边，就在靠窗的那个位置上，坐着一个和着音乐节奏敲打着自己膝盖的男人，只有他一个人听得到音乐，但愿他坐到终点站，别让我站起来给他让路，埃莱娜想，但就在她这么想的时候，那个男人说话了，能让一让吗，女士？没等埃莱娜回复，他就站了起来，立在他的座位和前方座位的靠背构成的狭小空间里，等待她挪动双腿，把腿侧到一边，腾出空间，好让他在火车进入下一个站点之前走出去，借过，那个男人又说，埃莱娜对他说，过去吧，哎，您过去吧，但她一动也没动。

6

　　他们迟迟没有交还她的尸体，不过，所有的手续都办完之后，还是举行了安葬仪式和葬礼，就像上帝规定的那样。所有人都参加了葬礼。胡安神甫，教区学校的教职工和非教职工，邻居们，毕业后仍时不时和里塔见面的一个中学同学。罗贝托·阿尔玛达和米蜜，他的母亲，还有在她的美发店工作的女孩们；她在美发店入口的大门上挂了一块牌子，"因丧事闭店"，遮住了那块巴黎欧莱雅的广告牌。这口棺材是埃莱娜亲自挑选的。还有上面的五金。还有那个印着烫金字母的花圈，上面写着，你的母亲。您家里没有其他能帮您做这些事的人了吗？殡仪馆的工作人员问她，我没有家人，她回答道。她开口说话了，在说话的过程中，她一直在流眼泪，即使她并不想这样。埃莱娜是个不怎么哭的人，几乎从来没有哭过，但是，自

从她的身体被**她**占领，被那个婊子，婊子样的臭病占领，她就连自己的眼泪也控制不了了。就算她不想哭，她也做不到，她哭了，眼泪从内眼角流出，在她僵硬的脸上滚动，就好像在浇灌一片荒芜的田地一样。然而，没有人要求它们这么做，没有人向它们求助。她选了最便宜的木头做的棺材，不仅仅是因为她手头不宽裕，还因为她希望棺材能够快点腐烂。埃莱娜一直不理解，为什么人们在选棺材的时候，总是要选上佳的良木，这种木头在地底下很难朽败。要是他们那么确信我们每个人都来自尘土，而且会化归尘土，为什么到了人死的时候，他们又要尽一切可能延缓这次回归呢。他们选择上佳的良木打造的棺材，只是为了在葬礼上向所有人炫耀，她想，还有什么别的目的呢，既然棺材和里面装的东西的命运都是腐烂，而不是存续，它们的命运就是被地下的蠹虫啃噬，先是木头，然后是那具已经不是他原本所是之人的尸体，那具已经不属于任何人的尸体，已经不完整的尸体，就像一个空袋子，就像一个没有果实的荚果。

在人们为她守灵期间，埃莱娜一直在那里，坐在棺材边的一把塑料椅子上。发生的事可真不像话啊，埃莱娜，有个人在向她表示最深切的慰问之后，这么和她说，发生了什么？她问。于是那个人便噤声了，因为他觉得埃莱娜不想知道，或者糊涂了，因为药物或者过度的悲痛。不过埃莱娜可没糊涂。埃莱娜知道。她在等待。尽管她低垂着头，拖拽着双腿，看不见前面的路，也不知道这条路会将她带向何方。但她并不糊涂，尽管她确实有些困惑。

人们送来了更多的花圈。埃莱娜想看看上面的字，但低垂的脑袋和那时涌入她身体的疲倦使她无法成功地让她的眼镜待在对的位置上。一个女邻居走了过来，帮她读花圈上的字。你所在的圣心教区学校的同事们。贝内加斯医生和夫人。你的邻居们。哪些邻居？埃莱娜问。女邻居迟疑了，我认为是街区所有的邻居，至少他们算上我了。旁侧有一束白花，还有一条写着，你永远的朋友罗贝托·阿尔玛达的带子，这种花本来应该被放在腹腔之上、放在交叉的双手之上，摆出一种死者的双手抓着它们、想把它们一同带走的样子。要是这束花不是罗贝托·阿尔玛达送的，此刻它就应该躺在它本该在的位置，但埃莱娜决定让它老老实实地待在花店的人放置它的地方，一个角落，在所有的花圈后面，是他母亲的主意，埃莱娜猜测道，因此上面写的是朋友而不是男朋友，因为那位美发师和我一样，也觉得用这个词来称呼她四十多岁的儿子有些不妥。一束小花，以减少花销，她怎么能不这么怀疑呢，大家都说她会从顾客给店里女孩的小费中克扣一部分。

到了晚上，所有人都回到自己家中。信仰虔诚、善良慷慨之人的灵魂与上帝同在，不会受到永恒的死亡的折磨，胡安神甫在离开之前如此祷告，愚蠢的人才会觉得他们已经死去，才会把他们的死亡看作一种不幸。埃莱娜想留下，想愚蠢地凝视死亡。她不想回家休息，就像某个邻居向她建议的那样，明天再来，埃莱娜，太阳一出来就来。就好像清晨的第一缕阳光是什么好东西一样。那个男人怎么会知道对于她来说清晨的第一缕阳光意味着什么。又一次睁开双眼。阳光宣告她必须又一次面对每日的斗争，从她努力地从床上爬起来那刻开始，抓着辅助她起身的麻绳，直到她僵硬的后背离开皱巴巴的床单，将双脚安放在冰冷的地砖上，使劲一踩，试着起身，拖着脚步走向马桶，之后，试着坐下，撒尿，脱裤子，撒尿，试着站起来，站起来，接着是把裤子向上拽，它已经卷成了条状，还有些湿，把它的褶皱抚平，然后，然后，总有个然后，总有新的任务，就好像在清晨的第一缕阳光出现后，要去上厕所这一件事还远远不够她受似的。每天早上，埃莱娜从梦中醒来，只为了又一次想起，又一天想起，在前方等待着她的东西。要是能够选择，她宁愿留下来，坐在这张椅子上，坐在她女儿的灵堂里，凝视死亡，愚蠢地凝视，假装这一天，她正在度过的这一天不会结束。假装永远不会有新的一天。要是她能够选择的话。但殡仪馆的负责人坚持道，出于安全方面的考量，殡仪馆晚上必须关闭，这样一来，谁来守护那些死去的人呢？她问，时代已经变了，女士，我们还是多关心关心还活着的人吧。

第二天一大早，服下她的第一颗药片后，她就去了那里。前两个小时只有她一个人，九点之后，前一天没来的人陆陆续续地来了，还有虽然前一天来了，但仍然想要陪伴她的女儿前往她最后、也是永远的安身之所的人。十点钟，胡安神甫来诵安魂经。信仰虔诚、善良慷慨之人的灵魂与上帝同在，不会受到永恒的死亡的折磨：愚蠢的人觉得他们已经死去，然而他们已经获得了安息，哈利路亚，他说，哈利路亚，所有人都跟着念道。又说到了愚蠢的人，埃莱娜想，她问自己，到底谁才是神甫口中所说的愚蠢的人，是她，因为她相信她的女儿是被谋杀的，是那些在她身边念哈利路亚的人，因为他们会重复他人让他们重复的任何话，是胡安神甫，因为提及她的女儿时，他把她说成一个信仰虔诚、善良慷慨的人，然而，每每有人问他，他就会肯定地告诉他们，里塔是自杀的，毫无疑问，自杀对于任何一个他负责管辖的天主教徒来说都是一桩无法饶恕的罪孽，愚蠢的贝内加斯医生，或者愚蠢的阿维亚内达探长，或者愚蠢的邻居们。愚蠢的里塔或者愚蠢的她。谁信仰虔诚、善良慷慨呢？愿上帝将我们的姐妹里塔带上天堂，愿他与她同在，与她分享他的王国。愿她得到永生。埃莱娜本想相信天堂，相信天国，相信永生。但她做不到，就像她不相信我们每个人都来自尘土，还会化归尘土一样，就算这话出自一个神甫之口，但她既骗不了自己，也不能用她的祷告骗过里塔。她能够念诵街道，从后往前再从前往后，还有左旋多巴，多巴胺，多巴，还有被推翻的国王，**她**，以及没穿衣服的皇帝。这些她都能念诵，不管是从前往后还是从后往前，需要念诵多少遍，她就能念诵多少遍。但她无法念诵胡安神甫的祷文，因为他撒了谎。尽管这不是她的祷文，尽管她拒绝接受，尽管她拒绝念诵它，但她知道，它已经进入到她的身体，就好像**她**进入到她的身体一样。那婊子样的臭病。为了里塔的灵魂，愿来自天堂的天使陪伴她。求主垂听我们的祷告。为了所有死去的人，愿他们都受到召唤，得以分享神圣的天国。求主垂听我们的祷告。为了那些依然留在尘世的人，尤其是她的母亲埃莱娜，愿他们能够与里塔分离，并帮助她启程，带着达观和满足，与她在这个尘世所经历的相同的满足，什么满足？埃莱娜想，面对那些她漠视的人，面对那个提及了她的神甫，面对罗贝托·阿尔玛达，那个赞同神甫所说的每一个字的人？让我们祈祷。求主垂听我们的祷告。埃莱娜不知道主到底在不在听，但她确实在听，不过她没感觉到满足，也没在她的女儿身上看到任何满足，她冰冷，坚硬的女儿，空袋子。达观倒有，因为她知道死亡没有回头路，不管是睡在橡木棺材里的人，还是睡在薄木板做的棺材里的人，不管真的有人在聆听那些祈祷，还是根本没有人在听，不管所有人都在为她死去的女儿哭泣，还是根本没有人在哭泣，她都不可能回来。

服下第二颗药片后不久，就到了下葬的时间。一位女邻居搀她站了起来。殡仪馆的工作人员合上木棺盖，遮住了里塔没有表情的脸庞，中气十足地说，愿意帮忙抬棺的男士麻烦靠过来，埃莱娜听见了他说的话，男士，不过也一样，她没有开口询问，也没有请求许可，便抬起左脚，将它举至空中，等到它超越右脚后再将它放下，然后再次重复这个动作，她的动作十分缓慢，用尽了她全部的力气，却精准地走向了棺材左侧的第一个铜质把手，她的女儿就将躺在这口棺材里被送至墓地，她后方的两个把手分别由胡安神甫和罗贝托·阿尔玛达抬着，她旁边的那个由送她 29 吋电视纸箱的邻居抬着，他的后方是贝内加斯医生以及租车行的老板。

他们不得不等待埃莱娜调整好姿势，转动她的双脚，使它们面朝出口处，等待她在**她**许可范围内最大限度地挺直身体，与里塔的棺材保持同一高度，等待她深吸一口气，然后，举起她的右手，她能更好地掌控的右手，抓紧把手，左侧第一个，那个不属于任何一位男士的把手，抬起它，把她的女儿送往她最后的安身之所。

7

————

　　终于坐上那列将把她带往想去的地方的火车，埃莱娜看着车窗外飞速掠过的树。现在是她的休息时间，即将经过的那些车站不会给她带来太多的麻烦，她只需看看窗外的树是怎么一棵追着一棵，奔向与她相反的方向的。树木和楼房的影子被火车的节奏扰乱，变得模糊不清。就像一棵树啃食了另一棵，一栋楼房啃食了另一栋一样，她想。埃莱娜斜着眼看着它们，用她唯一能够做到的方式，用眼角的余光。她已经接受了**她**，她的病，强加在她身上的判罚。她的眼睛仍然忠诚于她，毫不犹疑地看向任何埃莱娜要求它们去看的东西，尽管它们已经失去了表达的能力。但她的脖子变得僵硬，变得像石头一样硬邦邦的，迫使她屈服。它要让她知道到底谁发号施令，谁俯首称臣。埃莱娜的身体对**她**作出了回应，**她**迫使它降低视线，就好像它做错了什么事，就好像它感到羞愧。除此之外，几个月前，她开始流口水，这个弓着腰、低着头的姿势对她并无助益，因为它无法让口水乖乖地待在嘴里，你能管住自己，别把口水流在我们的饭桌上吗，妈妈？一道讨人嫌的口水弄脏了她身上那件女式衬衫的胸襟，使它总显得脏兮兮的。里塔每天早上都会将一块刚刚洗好、熨平的手帕交给她，这样一来她的口水就不会流得到处都是了。一块和她今天放在钱包里的那块相同的手帕，只不过现在她不得不自己清洗、熨烫它。她女儿的努力是徒劳的，因为无论如何，她都能发现满是埃莱娜口水的手帕，被揉成一团，出现在家中的每个角落，电视上，厨房的桌子上，电话旁，暴露在外，就像一个战利品，或者一个提示，提醒埃莱娜她之前把它放在了什么地方，埃莱娜的本意根本不是让她的女儿烦心，但结果就是如此。就没有什么东西会让你恶心吗，妈妈？蟑螂，她回答道。里塔也试过让她戴口罩，她以一个非常实惠的价格搞到了一盒十个装的口罩，尽管它们是一次性的，但埃莱娜拒绝丢弃用过的口罩，你没看到药店里的口罩有多贵吗，女儿？最后，她成天都在嘴上盖一张天蓝色的纸，那张纸总是皱巴巴、湿漉漉的，沾满了面包渣和某些难以辨认的食物残渣。她不知道自己会不会重新变得干净、体面，应该不会了；她的病没有治愈的可能；减缓病痛的药物带有欺骗性，还有那些用来帮她完成一些无法完成的任务的手段和材料，比如说，口罩，但它们都无法治愈她。只要她还活着，她就会一直病下去，而里塔已经死了。未来的每一天都将如此，就像她即将面对、即将开启的这天，它将一直持续，直到她一个人，在黄昏的最后时刻，坐上返程的火车。

旅行。布尔萨科，阿德罗格，坦佩雷，洛马斯，班菲尔德，拉努斯。[1]拉努斯，班菲尔德，洛马斯，坦佩雷，阿德罗格，布尔萨科。旅行。她用左眼的余光向外看去。树木还在彼此吞食。之后，她又用右眼的余光看向过道，就好像在用劲的时候也必须保持左右的平衡一样。因为既然**她**迫使她低垂着头，既然她的肌肉迫使她只能保持这个悔罪的姿势，埃莱娜根本无力反抗，她只能嘲弄**她**，但她并没有笑，也没有为自己的所作所为感到自豪，她嘲弄**她**是为了继续生存下去。口水流下来了。她在包里寻找那条潮湿的手帕，捏紧它，又一次擦了擦嘴。她抬起双眼，挑了挑眉毛，仿佛十分惊讶一般，然而，并没有发生什么令人惊讶的事，她尝试着将眼球提升到与前额一般高的位置，注视前方。在她这么做的时候，脸颊两侧和眉骨上的肌肉开始疼痛。或许是因为脸颊也是由肌肉组成的，就像

---

[1] 这些都是布宜诺斯艾利斯省的城市或地区。布尔萨科（Burzaco）位于布宜诺斯艾利斯市中心以南约 25 公里处。阿德罗格（Adrogué）位于布宜诺斯艾利斯市中心以南约 23 公里处，紧邻布尔萨科。坦佩雷（Temperley）位于布宜诺斯艾利斯市中心以南约 25 公里处，紧邻阿德罗格。洛马斯（Lomas）此处指的应为属于洛马斯·德萨莫拉区的洛马斯·德萨莫拉市。班菲尔德（Banfield）位于布宜诺斯艾利斯市中心以南约 14 公里处，属于洛马斯·德萨莫拉区，紧邻洛马斯·德萨莫拉市。拉努斯（Lanús）位于布宜诺斯艾利斯市的南部，靠近首都，是布宜诺斯艾利斯省的一个自治市。

正在将她向下拉扯的也是肌肉一样，她想，因为埃莱娜并不清楚使她感到疼痛的到底是不是肌肉。之前她从来没有思考过脸颊到底由什么构成。也没想过她的脖子、她的眉毛是由什么构成。或许是肌肉，肉，皮，她想，她不知道它们到底是什么，但她知道它们使她感到疼痛。某个东西，她身体的某个部分使她感到疼痛，因为它不习惯做出这样的动作。**她**，疾病，迫使她无法做出这样的动作，而她，埃莱娜，只能试图嘲弄**她**。因为她从来没想过自己会妥协，从现在起到死的那天，只能盯着地板，她想。如果有必要的话，她会仰躺在地上，面朝天空，甚至面朝天花板，只为了嘲弄**她**，违抗**她**，就这样等待死亡降临。她自身的死亡。再一次的嘲弄，或许是最后一次。但在此之前，从现在起到她仰面朝上等待死亡的这段时间，要是她不想成为被那个婊子随意使唤的奴隶，就必须找到其他嘲弄**她**的办法。协助她从各种各样的地方站起来的麻绳，防止她口水乱流的口罩，托起她下巴的泡沫橡胶脖套，在泡沫橡胶不管用的时候取而代之的硬塑料脖套，安装在马桶上的辅助设施，更多的麻绳，辅助吞咽的药物，让她不再尿失禁的药物，让其他药物能够更好地发挥疗效的药物，或者让其他药物不对她的胃造成太大损伤的药物，更多的麻绳。因此，尽管这会让她感到疼痛，她还是努力地操控着面颊和眉毛，试着让她的双眼，依旧对她忠诚的双眼，注视除了地板以外的其他东西。然而，在火车上，她还是没能看到前方，不管她再怎么努力，能看到的依然只有她前方仿皮座椅的椅背。在那个随着音乐节奏敲击膝头的男人下车后，埃莱娜就拖着沉重的身体，挪到了靠窗的座位上，她又一次抓紧座椅的框架，调整了姿势。她的裙子被压在双腿下，已经卷成了一团，但她并不在意。坐在这里，靠着窗，低垂着头，她全部的任务就是将她的瞳孔转向一侧，这就够了，这样她就能看到那些朝相反的方向奔跑的树木和房屋，它们抹除了彼此，它们的颜色混淆在一起，变得模糊不清，它们飞快地在她眼前掠过，直到火车一点一点地放慢速度，它们才从之前的大染缸中走出来，又一次成为了各自的局限所决定的、它们本来所是的样子，最后，火车停了下来，到达了某个停靠站，为了再一次重复它的到达与出发。

她已经很多年没坐火车旅行了。上一次还是在里塔说服她去参加每月在临床医院 ① 举办一次的帕金森患者互助小组活动的时候。然而，那次活动带给里塔的感觉比她的还糟，因此里塔从未提过要再去。活动的举办地也帮不上什么忙，不知通向何处的过道让人感到迷失，昏暗的楼梯，既不下降也不上升的电梯，同在等待、已经开始不耐烦的人们，印着埃莱娜看不懂的抱怨的旗子，里塔只好为她一一朗读。气味。什么的气味？埃莱娜问自己。她记不清了，更无法定义它。不是死亡的，死亡的气味不是那样的，现在她知道了。她丈夫死的时候，她还

---

① Hospital de Clínicas，布宜诺斯艾利斯的一家医院，是布宜诺斯艾利斯大学的附属医院，成立于 1880 年，是该地区最重要的医疗机构之一。

不知道死亡的味道究竟如何。因为她女儿的死亡才是真正的死亡。或许是疾病的味道。疼痛的味道。判决的味道，她想。因为她在那儿第一次看到了未来等待着她的东西。在那之前，她以为自己知道，但是那天下午，她第一次看到了它。在那一刻到来之前，行走对埃莱娜来说根本不算什么难事。只不过像一个想要出发，却仍在踌躇的人。有多少人是想要出发，却仍在踌躇的，那个时候，埃莱娜想。那个时候她这么想，但现在她知道了。她知道接下来要面对的是什么，她的未来。她清楚她的判决，因为那天下午她看到了它。在那之前，只要一会儿，吃点药，她就能起身。因此那个时候她觉得一切似乎都是正常的。就像无需任何协助就能穿上外套一样正常。这是她接收到的第一个信号，突然有一天，埃莱娜就无法将左手穿进外套左边的袖子里了。一只手没法穿进衣袖有什么重要的，她想。今天她知道了这有多重要。右手可以。但左手不行，无论她的大脑如何发号指令，将左臂举到空中，直至超过左边的肩膀，左肘对准前方，再将左臂向后伸展，手掌朝向天空，穿进衣袖所在的洞，一旦做到这一步，就顺着衣物布料留下的空间向下滑动，直到左手回到它惯常的位置，身体都拒绝遵从。左臂悬在空中，手肘对着前方，手掌徒劳地寻找着衣袖的入口，却无法进入。因为**她**，那个婊子，已经做出了裁决，这只手再也无法进入任何衣袖。因此，埃莱娜才开始穿披肩和斗篷，她的女邻居们对此表示不理解，纷纷议论，直到她的病症变得明显，她们才了解个中缘由。另一个嘲弄。披肩是她对**她**的第一个嘲弄，如果没记错的话，她想。要是在我有生之年，这只胳膊没法再把自己塞进衣袖，就让衣袖消失，埃莱娜下定了决心。尽管她的女邻居对此议论纷纷，但这瞒住了所有人，直到那一天。在相当长的一段时间里，帕金森是里塔、埃莱娜以及贝内加斯医生之间的秘密；没人知道**她**的存在，就像一个被雪藏的情妇。要是你运气好，没有出现震颤，里塔这么对她说，那到处和人说你得了这个病有什么好处呢，为了让他们同情你？要是没看到你发抖，没人会说你得了帕金森，人们越晚知道你得的是这个病就越好，妈妈。那个时候埃莱娜没有任何震颤的症状，甚至到现在也没有，在那个每月在临床医院举办一次的活动上，她们两个，她和里塔，得知这并不是一件值得高兴的事，相反，会使人更加痛苦。可怜人，这么说您不发抖，他们说不发抖的帕金森病人是最糟糕的，病情恶化得最快，坐在她旁边那位颤抖得像片树叶的女士告诉她。她们两个，里塔和埃莱娜，静静地听着，什么也没说。她们没和任何人交谈，甚至没和彼此说一句话。也没必要在下一次的面诊中和贝内加斯医生确认这一点。那天下午她们只是在默默地观察。这就足够了。她们观察着周围的每一个人，发抖的人和不发抖的人。埃莱娜没在任何一个人身上看到自己的影子。她不像那个向大家讲述他是如何用麻绳和栏杆装备他的房间，以便能在夜间独自起身的老人，有着空洞的双眼。她也不会在空气中活动自己的手指，就像在数钱或分发看不见的扑克牌一样。也不像在第一排哭泣的那位女士一样流口水。也不像叫她"可怜人"的那位女士一样颤抖。她没在那天下午的任何一个人身上看到自己的影子，但她知道她即将受到怎样的刑罚，因为她看到了未来的自己。

那是她最后一次坐火车去布宜诺斯艾利斯，她想。那个时候她还不需要斜着眼睛看，因为她的脖子尚且不知胸锁乳突肌的威力，甚至还没听说过它的名字。如果说国王已经被推翻了，能够知道这件事的也只有宫廷中的朝臣。**她**一直隐藏在阴影中。情妇。信使携带左旋多巴及时抵达，准备应对即将爆发的每场战斗。不过比所有这些重要上千百倍的是，在那次旅行中，埃莱娜并不是一个人。里塔也在火车上，就坐在她身边，尽管她能做的也不过是把她的胳膊塞进外套的袖子，以及和她斗嘴。用皮鞭干脆、迅速地抽她几下，然后走到领先她两米的位置上。那天下午她们也争吵了。埃莱娜花了很多时间还没登上火车车厢，这让里塔很紧张。她觉得她们就快上不了车了，便把埃莱娜推了上去。她张开双手手掌，放在埃莱娜臀部猛地一推，把她推上了车，埃莱娜现在还记得，那让她几乎摔倒在地。用点力，妈妈，她说。埃莱娜回应道，别烦我了。因为那时她已经很用力了，现在也是如此，否则她不可能坐在这节车厢里，一个人，斜眼看着窗外的树是怎么一棵接着一棵地从她眼前掠过的。但是有时候，埃莱娜现在知道了，用力也没用。里塔到头来也明白了这个道理，她是这么觉得的，因为在那个她此刻停留的地方，在那个我们每个人都会抵达的地方，人人都会明白这个道理。但是那天下午她发了很大的火，如果说我烦到你了，那你根本想象不出此刻我的心情有多糟，她对她说。而埃莱娜，尽管出了胸锁乳突肌、口水，还有无法穿上的衣袖的事，但她还是想活下去，同样地，她也不认为她的女儿曾经有过自杀的念头。她无法相信。但她的女儿死了。她不可能在那个午后爬上钟楼，不可能把麻绳系在铜钟上，在那之后又把它绕在脖颈处，她不可能打那个结，不可能踢走那把支撑她的椅子，用自己的重量把自己吊死。不可能。她根本做不到这些。况且那天下午还下着雨。埃莱娜知道，这件事根本不像阿维亚内达探长向她担保的那样，是个意外。她从来不相信警察。不光是现在，多年来都是这样。但是，此刻，孤身一人，她已经不奢望有人会相信她，她只是希望，至少，有人愿意聆听她。法官不愿意听她说话，警察局长也是。阿维亚内达倒是愿意，但是某一天他接到了命令，要了结这个案子，所以他再也没有在工作时间接见过她。有几次，在他下班后，他会在警察局街角的酒吧里和她见面，非官方会面，埃莱娜，他事先就提醒了她。最后几次见面，他都与她约定在广场的商陆树①旁。但是最近他们已经很久没见面了，因为他每次只会重复那

———————

① 商陆树是商陆科商陆属的一种植物，产于中国和日本。

几句话，埃莱娜不相信的那几句，说她女儿是自杀的。胡安神甫仍然会在圣器室接待她，但她已经受够了这些会面，因为它们对她来说一点用处也没用，因为胡安神甫把她当作一个在忏悔的人，而她需要的不是忏悔，而是她问题的答案。教区学校的负责人也会接待她，但他只是看着她，听她说话，晃动着他的脑袋，仿佛赞同一般，但他提供不了任何帮助，他只会说，今天上午我们种了一棵树，以此来纪念里塔，埃莱娜，然而，对她来说一棵新种下的树又算得了什么呢。里塔的同事、女邻居们，都帮不了她什么忙，有个女邻居在和埃莱娜说话的时候甚至流下了眼泪，她说，我理解您，埃莱娜不知道她是怎么理解她的，我也做不到，但是谁想让她们理解呢，她只是想让她们聆听她的话，好好回忆，把她们知道的说给她听，但没人知道任何事，没人怀疑任何人，没人能想出一个可能的动机，没人知道她的女儿曾有过什么敌人。正因为她们什么都不知道，就只能重复警察告诉她们的，自杀，她麻木不仁的身体周围环绕的是另一些麻木不仁的人，她想，比她不肯往前走的双脚更加麻木不仁。那些根本不听她说话，却说理解她的人是麻木不仁的，埃莱娜知道。罗贝托·阿尔玛达一开始听她说话，要是她愿意继续给他讲的话，他会继续听的，你别来了，罗贝托，一天下午，他从银行下班的时候路过她家，在她的厨房哭泣，你没做错任何事，但别再来了。他听她说话，却没做，也不会做任何事。他是第一个接受自杀的说法的，他没有这么和她说，是她自己在文件上读到的，他说最近里塔状态不太好，和之前判若两人，没什么能让她兴奋起来，她几乎没怎么笑过，她以前经常笑吗？读到法院记录员写下的这句话，埃莱娜问自己，她又重新读了两遍，确定纸上真的是这么写的，不是她看错了，她几乎没怎么笑过。她几乎没怎么笑过。他又知道些什么，埃莱娜想。麻木不仁。有眼无珠。就算他们能够自由行走，活动，做她无法做的一切。正因如此，她才试图抵达布宜诺斯艾利斯。火车又在一个停靠站停了下来，她没法看清站名，因为在她歪斜的双眼的余光中，那些东倒西歪的字就像是黏在了一起。她用手指一个一个地数过去，通过计算得出，应该是阿维亚内达站。站名和那个只能在工作时间之外接待她，总是坐在广场上那棵商陆树弯弯曲曲、错综复杂的树根边上的人一样。

　　没有人像她那样了解自己的女儿，她想，因为她是一位母亲，或者说，因为她曾是一位母亲。母亲的身份，埃莱娜想，会让人拥有特定的属性，母亲了解自己的孩子，母亲知道，母亲一直爱着。人们都是这么说的，事实也确实如此。她曾经爱，并且仍爱着她的女儿，尽管她从来都没有袒露过她的心声，尽管她用各种方式与女儿斗争，尽管她与女儿争论的时候就像在挥鞭子，尽管她从不爱抚她，也不亲吻她，但母亲一直爱着。现在，没了女儿，她还算是母亲吗？她问自己。要是死的人是她，里塔就成了孤儿。那么，失去女儿的她算什么呢？

里塔的死亡会消除她曾是的一切吗？她的疾病不会剥夺她母亲的称号，埃莱娜知道，任何一种使她无法穿上外套，无法挪动脚步、向前行走，逼迫她低垂着脑袋生活的疾病都无法改变她是一位母亲的事实，但是，是否存在一种可能，这场死亡不仅仅带走了里塔的身体，也带走了那个赐予她身份的词语？

埃莱娜知道有人杀了她的女儿。但她不知道是谁，也不知道是为了什么。她找不到造成她女儿死亡的动机。她想不到。因此她不得不接受法官的说法，自杀。接受阿维亚内达探长的说法，自杀。接受罗贝托·阿尔玛达的说法。接受所有那些看着她却一言不发的人心中的看法。但那天下着雨，她是她的母亲，况且那天还下着雨。这个细节拯救了她，改变了所有，但她一个人无法证明，她一个人做不到，因为她已经没有了躯体。因为现在国王已经被推翻了，**她**成了统治者。要是她找不到一具能够帮助她的躯体，就算她再怎么嘲弄**她**，也无法抵达真相。一具属于他人，却为她办事的躯体。去调查，去发问，去行动，从正面观察，直勾勾地、定定地看着对方的双眼。一具埃莱娜能够支配、能够使之服从的躯体。不是她自己的。而是某个有种迫切的、偿还债务的需求的人的。伊莎贝尔的。所以她才登上这列火车，为了让那具躯体，让那个二十年未见的女人帮助她，追寻她的身体不允许她去追寻的真相。她无法探明的真相。尽管去布宜诺斯艾利斯会花上她整整一天的时间。尽管每当药片的药效消失，她就动弹不得，除了等待之外无计可施，只能用她的办法让时间静止，又一次开始念诵街道和车站的名字，还有国王，婊子，没穿衣服的皇帝，从后往前，再从前往后，皇帝，婊子，国王，街道，车站。

她继续前进，一步接着一步，尽管已经没有人能把王冠还给国王，把生命还给她的女儿，把她死去的女儿还给她。

胡安神甫从一开始就是最不愿意谈及这个话题的人之一。埃莱娜早已厌倦了阿维亚内达探长总对她说，神甫还没能接见他。要么就是您不够坚持，要么就是神甫把您当傻子，探长，您不会是想让我把神甫加入嫌疑名单吧，埃莱娜？我早就和您说过了，您的职责是调查所有的可能性。埃莱娜找了个好时间，离每天两次的弥撒、专门留给忏悔的时间和午睡时间都相距甚远。她来到圣器室，按响了门铃。神甫走了出来，边走边整理他的衣领，这天他没穿教士服，很显然，随着年岁的增长，他午睡的时间也相应地延长了，这使得埃莱娜的计算出现了几分钟的误差。请进，埃莱娜，他说，于是她便走了进去。小心台阶，他提醒道，但一句提醒很明显是不够的，埃莱娜没能让她的脚跨越门槛，鞋尖两次撞到了充作门槛的木条，在她第三次尝试的时候，神甫走了过来，将手递给她，帮助她跨越了门槛，免于跌跤。实在太巧了，埃莱娜，我正要给您打电话，学校的人一直请我给您的女儿里塔做一场弥撒，我们打算把日子定在这个星期天的七点，我希望您能来。埃莱娜考虑了一下，尽管她知道傍晚七点不是她惯常服药的时间，但还是点了点头，答应了神甫。您的悲痛好些了吗？胡安神甫问道，她回答，还没有，这不太好，埃莱娜，万事万物都讲究时机，死亡的时机，当然，还有哭泣的时机，我还没时间哭泣呢，神甫，你得找出时间来，埃莱娜，《圣经》上说了，在《传道书》里，您现在需要的就是大哭一场，我会哭的，等我获知所有的真相，等我知道到底是谁让我的女儿在那天以那种方式结束她的生命。神甫看着她，尽管不确定埃莱娜是否已经做好聆听他接下来要说的那番话的准备，他还是开口了，那天根本没有什么秘密，除了里塔带进坟墓中的那些真相，埃莱娜，那天下雨，神甫，里塔从来不在雨天靠近教堂，这么多年您都没发现吗？没有，我从来没注意过，为什么她不靠近教堂呢？因为她怕被雷劈，哎呀，埃莱娜，您怎么能相信这种话呢！相信这种话的不是我，是我的女儿，但那天她确实来教堂了，埃莱娜，我亲眼看到了她的尸体，是戈麦斯家的孩子们来通知我的，您了解他们，不是吗？他们是街那边那个仓库老板的孩子，很调皮，但也很善良，他们帮我完成一些简单的教堂维护工作，我让他们去敲钟，宣告弥撒的开始，他们总在钟楼上玩，曾经总在那上面玩。神甫给她端来一杯茶，但她没有接。您想和我一起祈祷吗？我来可不是为了祈祷的，神甫，我是来寻找我缺失的那部分信息的，时至今日，我唯一知道的就是，我女儿的尸体悬挂在您教堂的钟楼上，不是我的教堂，埃莱娜，是所有人的教堂，整个教区的教堂，我无法解释她那天是如何到达那里的，神甫，您知道她是如何到达的，埃莱娜，不，我向您保证，我不知道，接受心爱之人的死亡是一件令人无比悲痛的事，更何况还是在这种混乱的局面下，什么混乱，神甫？悲痛和愤怒交织在一起，因为我们，作为天主教徒，知道我们并不是自己身体的主人，我们的身体属于上帝，因此，我们不能擅作主张，凌驾于祂之上，正是因为您知道这一点，才无法接受这个事实，我理解您，埃莱娜，但是我不理解您，神甫。神甫看了看她，在比她低垂的头稍远一些的地方，他看到了那双并未觉察惊异之事、却溢满了惊异的眼睛，它们注视着他，努力地将视线定格在眉毛与额头之间，似乎在向他恳求什么，但埃莱娜什么也没说，她保持着沉默，等待着，于是神甫又把话说得更明确了一些，教会认为自杀有罪，就像任何一场谋杀一样，任何一种对不属于我们的身体的不当使用，无论它是什么，自杀、堕胎，还是安乐死，都是有罪的。帕金森，她说，但神甫并没有理会。神甫走到一个柜子旁，从一个敞口罐里倒了一杯凉茶，一饮而尽，您确定您不想来点吗？埃莱娜有种感觉，他这么做只是为了再给她一些时间，就像一位已经给病人注射了麻药的牙医，在他准备把牙齿拔下来的时候，病人叫了起来，这时他意识到，还需要再等一等，病人的神经暂时还不能无视疼痛。埃莱娜，您必须保持冷静，尽管主在您前进的道路上设下了重重考验，但您的表现证明，您始终坚持着您的信仰，我的信仰？是谁告诉您我还坚持着什么信仰的，神甫？是谁告诉您我曾经有过什么信仰的？是您告诉我的，埃莱娜，用您的行动，就因为我没自杀，就说明我有信仰吗？因为就算我的身体已经丧失了行动能力，我还是没在您的铜钟上吊死？还是因为虽然我的女儿死了，但我依然活着？埃莱娜，拜托，请别亵渎神明，人的身体是由上帝掌管的，我们人类只有使用它的权利，我没有使用我身体的权利，早就没有了，但不是上帝剥夺了我的权利，而是那婊子样的臭病，埃莱娜，请冷静些，咒骂不能解决任何问题，我建议您为您女儿的灵魂祈祷，让上帝在末日审判①时对她怀有慈悲之心，我对末日审判一点兴趣也没有，神甫，我在意的是尘世的审判，我请求您把所有您知道的都告诉我，帮助我找出真相，您想要找出真相，埃莱娜？那我就再给您重复一遍，毫无保留，请您听好了，那天您的女儿犯下了一桩悖逆不轨的罪过，她结束了自己的生命，妄图支配不属于她而属于上帝的身体，埃莱娜说，够了，所有的天主

---

① 亦称"最后审判""公审判""大审判"。基督教末世论的基本神学观点。认为现世界将最后终结，那时上帝将审判一切活人和死人，蒙救者升天堂享永福，受罚者下地狱受永刑，魔鬼也将被丢入"火湖"中受永罚。

教徒都知道我们没有权利结束我们的生命，这就是真相，所以我们必须对她怀有怜悯，那天下着雨，神甫，别再提雨的事了，否则我就会认为您犯了傲慢的罪，埃莱娜，您说我犯了什么罪？虚荣和傲慢，认为自己无所不知，认为事情就像您说的那样，尽管现实是另一番景象，这些难道不是您和您的教会一直以来教授的吗？我们教授的是上帝的话语，而擅自盗用上帝话语的人是虚妄至极的，神甫，一切都是虚妄 [①]。埃莱娜费力地试图起身，她尝试了三次才站起身来，不过她终究是做到了，在没有任何帮助的情况下，她向门口走去。胡安神甫看着她，心生怜悯，无声地在胸前画了个十字，用目光追随着她佝偻的背影，目送她拖着步伐渐渐远去。走到门口，埃莱娜抬起一只脚，想要迈过入口处的台阶，但她抬起的高度还远远不够。于是，胡安神甫赶忙跟上去，不顾她的反对，帮助了她。埃莱娜站在门的一边，他在另一边。没有人为您擦鞋吗，神甫？她说，神甫看了看他脚上那双已经很久没有擦鞋油的黑色马鞍鞋，让那几个负责教堂维护的孩子帮您擦擦吧，您的鞋子也是教堂的一部分，神甫。埃莱娜向前迈了两步，胡安神甫正要关上门，但在关门之前，他说道，哎呀，埃莱娜，埃莱娜，我忘记了您是一位母亲。她没看他，但停下了脚步，说道，我是一

---

① 原文为 todo es vanidad，和前文的虚妄至极（vanidad de vanidades）呼应。这两句来自《圣经·旧约·传道书》，原文为 Vanidad de vanidades, todo es vanidad，意为"虚空之虚空，一切尽是虚空"。

位母亲，神甫？为什么您对此有所怀疑呢？那些失去了孩子的女人应该被叫作什么？我不是寡妇，也不是孤儿，我是什么？埃莱娜默默地等待着，在他面前，背对着他，在他回应之前，她说，还是别给我安上一个名字了，神甫，要是您或者您的教会找到一个能够用来给我命名的词语，或许您们就会盗用本不属于您们的权力，告诫我我应该成为一个怎么样的人，应该如何生活。或者怎么死去。还是别了，她说，又朝前迈了一步。母亲，埃莱娜，您还是位母亲，永远是。阿门，说完她便离开了，她知道，她永远不会再回来。

II

正午
（第三颗药片）

1

火车抵达宪法广场。等到所有乘客都下了车，只剩下她一个人，埃莱娜才有所动作。她从人造皮革的座位上缓缓滑下，这时，她才发现，皮革已经破损了，接着，从靠窗的座位挪向过道。这是一条与先前恰好相反的道路。衬裙的拉链钩在了泡沫橡胶脖套一个陈旧的切口上。她用力一拉，把它扯了下来。她将身体支撑在座椅扶手上，站了起来。左旋多巴还在她体内工作着，这让她感到高兴。她看了看表，距离服用下一颗药片还有两个小时。她把包挎在肩膀上，又把它从腋下揽到腹部，双手交叉将它护住；尽管她已经很久没有乘坐火车旅行了，但她知道，不能在宪法广场的站台上把包挎在肩上，随意行走。她知道，对于那些想要抢些什么，然后撒腿就跑的人来说，她是个再合适不过的目标。尽管这个强盗会大失所望，埃莱娜知

道，因为她包里的钱只够让她完成这次旅行。除此之外，里面还有证件、药片、手帕、她家的钥匙、一盒果汁和一个奶酪三明治。她这趟旅行必备的行李。因此，她将包放在腹部，紧紧地按着，因为要是她丢了里面的任何东西，在一段时间内，她就无法继续前进了。她走向车门，走到了站台上；她在人群之后走着，这些人就像聚集在一个漏斗口似的，很快就随机分散到了不同的队列里，向工作人员出示他们的车票。一个男人走到她面前，问道，您需要帮助吗，婆婆？婆婆个头，她想，不过她什么也没说，看了他一眼，便继续往前走，就像她除了老之外还聋一样。聋了，就像她拒绝回应的双脚。聋了，就像那些不愿意听她说那天下午下雨的人。一个看起来比她年轻不了几岁的男人。或许还不到五岁。只不过他的身体不像她的那样受尽折磨，正因为他不知道埃莱娜所知道的东西，才自以为比她年轻得多，自以为他有为她提供帮助的权力。那个男人看着她的身体，叫她婆婆。在六十三岁的年纪，她可以被称作婆婆，但对于那个想要帮助她的男人来说可不是。其实她很想成为外婆，但她无法想象里塔成为母亲会是什么样。她一直以为里塔无法生育。可能是因为她很迟才来月经，将近十五岁，是她班上最晚成为"女人"的。而且她的月经总是很不规律，量很少，你的月经可真吝啬，里塔，这样更好，少脏一点。里塔从来没有弄脏过一条床单，痛经也从来没有妨碍到她的日常生活。就好像她的月经不具备它应该具备的力量一般。就好像它只是一种表象，仅仅能够不让人产生它为什么迟迟不现身的疑问。相反，埃莱娜的月经总是丰沛、慷慨的，而这清楚地表明，一切，她体内的一切，仍在正常运作。她还记得她弄脏了电影院扶手软椅的那天，大概是里塔十岁或者十二岁的时候，那个下午，她们一起去了电影院，站起来，女儿，快走，马上站起来，但里塔仍旧不慌不忙，她得把她的零食收拾好，穿上鞋，我让你快点，快走，埃莱娜再次催促道，等等，妈妈，有什么好着急的？这个，她回答道，将里塔的脸转向棕色绒椅上那块深色的污渍，于是，里塔慌忙站了起来，几乎是跑着离开了电影院，边跑边哭，与此同时，她还屡屡回头张望，确认没有人看见她母亲造成的污渍。她很清楚，她的子宫一切正常，但她女儿的呢，对于这点，她始终存疑。里塔真的没有像她那样弄脏一切的能力吗？埃莱娜有点捉摸不透。在里塔快满二十岁的时候，她带她去看了贝内加斯医生；因为里塔已经过了看儿科医生的年纪了，于是埃莱娜就带她去看了她已经看了一辈子的医生，他也曾是埃莱娜母亲的医生，以及她阿姨们的医生，几乎整个街区的人的医生。多年之后，也是他教授她们，什么是左旋多巴，什么是黑质①，什么是胸锁乳突肌，什

---

① sustancia nigra，位于中脑基底神经核中的一个结构，因其颜色较深而得名。在运动控制中起着重要作用，特别是通过产生多巴胺神经递质来调节运动。它与帕金森病等运动障碍有关，当其中的多巴胺神经元受损时，会导致运动失调和其他相关症状。

么是帕金森。但是在那个时候，这些词语还不存在，因为根本不会有人提及它们，贝内加斯医生告诉她，可以通过一种检查确认她的女儿到底有没有子宫，后来，他又告诉她，真令我们意外，埃莱娜，里塔是一颗没有种子的荚果，她无法为我们完成她在这个世上应该完成的使命。在那个时代，现今已经得到普及的超声波检查还不存在，无法通过它清楚地看到藏在皮肉之下的东西，就像电影里那样。那个时候，要想看到身体内部，就必须通过某种方式进入，深入身体内部。里塔和埃莱娜一起来到诊所。贝内加斯和他的两名助手在那儿等着她们。检查前一天，里塔必须禁食，她最后能吃的只有一点楒栌^①果果酱和两块什么味道都没有的饼干。在检查前的六个小时内，她甚至连水都不能喝。她很饿，但只要一想到最后吃的果酱的味道，她就胃痉挛个不停。他们让她躺到病床上，拿来了一个她从未听说过的、看起来就像一个五号球充气筒的设备。只不过他们把它的气嘴放到了她身上。他们将它插入她的腹部，开始打气。一下，二下，三下，十下。里塔哭了。你不能说这让你感到疼痛，贝内加斯医生对她说。她什么也没说，但她的母亲发话了，她当然不痛，医生，她这么做只是为了让我们难受。当里塔的腹腔已经足够鼓的时候，他们摇起了病床，脚朝天，头朝地，在灰色的马赛克地板上形成了一条对角线。然后他们

---

① 蔷薇科楒栌属灌木植物。

给她做了检查。里塔不知道他们是怎么检查的，因为她闭上了双眼。埃莱娜也不知道，因为贝内加斯医生让她出去了，母女之间发生了激烈的争吵，甚至影响了检查的正常进行。你别哭了，里塔，要是你在检查的时候就哭成这样，那你还是别要孩子了，我说真的，要是你知道生孩子有多疼的话，对吧，医生？啊，我不知道生孩子有多疼，贝内加斯医生说，话音刚落，医生和她都笑了起来，在她与地面呈四十五度角、腹腔充满了空气的女儿身旁。病床的角度使得里塔的眼泪呈现出与平日不同的运动轨迹，从内眼角顺着上眼皮的外轮廓流过，描画着眉毛的弧度，又在这道弧线的最高点落下，滑过她的额头，消失在额发中。里塔感觉到有人在床单下摩挲着她的手，随后又抓住了它，用力地，一只手用力地按压着她的。她睁开双眼，看到贝内加斯的一名助手站在病床一侧。在她睁开双眼的那一瞬，他正注视着她。那个助手，在看到里塔的眼睛正紧紧地盯着他时，他做了一个动作，他并没有将她的手握得更近，只是做了一个动作，就像在抚摸她的手一样。他对她微笑。里塔把眼睛闭得比之前更紧了，她从他的手里把自己的手抽了出来，放在身边。她等待着，坚定，紧张，但没有人再来碰她的手了。过了一会儿，她感觉到他们把插在她身体里的气嘴拔了出来，于是，她睁开双眼，病床那侧已经没有人了。你别这么紧张，否则我们很难把打到你身体里的气排出来，贝内加斯医生对她说，与此同时，他挤压着她的腹部，把他们打进去的气一一排出来。在那之后，一切都结束了，他们让她从病床上下来，并让她收紧腹部，以排出剩余的空气，既然你不让我们帮你，你就得自己做，然后就让她回家了。她有子宫，您不用担心，在候诊室与她们告别的时候，医生对埃莱娜说。

其实埃莱娜很想做外婆。如果她做了外婆，现在她就不会一个人孤单地走在这个闻起来有一股油炸食品味道的火车站里，试图完成这趟她认为能够带她找到那具能够帮助她的躯体的旅程。因为如果她有个外孙，此刻她或许正在给他讲里塔的事，告诉他她在他这个年纪是什么样的，在这之前又是什么样的。他会问她问题，而她会编造一些趣事，美化她的记忆，编造出一个里塔不曾是的女儿，她做这一切都是为了他，为了这个孩子，这个给了她一个名字的人，外婆，尽管里塔已经死了，这样一来，这股油炸食品的味道就会消失。但它并未消失，它钻进了她的鼻子，流遍了她的全身，流遍了她佝偻的身体，黏在了她的衣服上，它占领了她的全部，完完全全地，在她艰难前行的时候。广播通告了又一列晚点的列车，她周围的人们抗议着，吹着口哨，埃莱娜就在这些人中间，被口哨声包围着，没有外孙，也没有女儿。她还没有想好离开火车站之后，是要去坐地铁还是打车。这取决于她走完这条过道之后的感受。因为此时是十一点，还没到服用下一颗药片的时间，下一颗应该在正午之后服用，服药之前，她还需要吃些东西，这能确保药物被正常吸收，食物中不能含有过多的蛋白质，贝内加斯医生禁止她在午餐时摄入蛋白质，也就是她放在包里的奶酪三明治。她站在其中一条队列里，随着人流移动着。她想象中一场经典德比的球场就应该是这样的。她从没去过任何球场。里塔也没有。要是有个外孙的话，她或许会去。她以最大的努力向前移动着。赶紧，赶紧，赶紧过，检票员说。人们推搡着彼此，向前拥着，没有人觉得他人的碰触、他人施加在自己身上的力量是奇怪的，明明大家都是陌生人，只不过走在同一条狭窄的路上罢了。轮到埃莱娜了，她站在检票员边上，把手伸进外套口袋，寻找着她的车票，她翻找着，手指在布料的空隙间摸索着，直到抵达口袋底部才抽出，不过，手上空空如也，她身后的队伍并没有越排越长，因为她已经是最后一个了，但另一辆火车正在进站，很快这个地方又将挤满步履匆匆的人，急切地想要超越她，超越任何挡在他们身前的人，以最快的速度到达他们的目的地，不，她怎么知道他们想去哪里，没关系，请过去吧，在她找到票之前，检票员便如此催促她，但她仍在寻找，请过去女士，请过去，他坚持道。埃莱娜看向他，她并没有抬头，而是像她知道，或者说她能做的那样，将眼球向上转动，直到它们与她的前额齐平，再把它们聚到双眉中间。这使她的眼皮和脸颊感到疼痛，但她仍然保持着这个动作，与此同时，从口袋里抽出手，展开手中的车票，确保他能够看清楚。

2

────────────

　　阿维亚内达探长是另一个永远不愿看见的人，埃莱娜想。您很用心，但您缺一副眼镜，探长。贝尼托·阿维亚内达顺从地接受了她的批评，就像当初他顺从地接受这个任务，以及再明确不过的指示一样：接待死者的母亲，聆听她，在每一次会面的时候持续向她说明，对警察和法院来说这个案子已经了结了，自杀。如果需要的话，为她提供心理援助，阿维亚内达，警察局长对他说，但阿维亚内达一直不敢这么做，对他来说，一位母亲，无论是他的还是别人的，都是神圣不可侵犯的，他不能用这种方式侮辱她。阿维亚内达不是，也不曾成为过探长，他从来没有升过职，接待埃莱娜的职责是他应得的惩罚，一种警察系统中秘密存在的试用期①，因为在被派去

────────

① probation，英语，原文为斜体。

格鲁 [①] 布宜诺斯艾利斯省立银行 [②] 分行执行护送现钞的任务时，他在银行金库被人抓了现行，那时他的裤子褪至脚踝，双手握着阴茎，对准背靠在保险柜上、半裸着、等待着他进入的女银行职员。自认倒霉吧，阿维亚内达，下次得更小心些，他的上司对他说，并把他安排到了办公室工作。记录地址变更，接收扰民噪音的投诉，撰写汽车偷窃的报案文书，递交霸凌相关人员的报案、违反相关规定的投诉，还有好人好事的表彰，除此之外就没有什么了，直到埃莱娜的案子，或者里塔的案子，或者她们两人的案子出现的那一天，您就说自己是探长，警员，您得到了我的许可，警察局长指示道，这样一来那位女士就会觉得有专业人士负责处理这件事，觉得我们很重视，那位上了年纪的女士让我觉得很难受，阿维亚内达，她也会让你觉得难受的，但您得表现得强硬一些，这个案子已经了结了，就算她再怎么不愿意，再怎么想从中转圜，也没用，我们做的已经相当多了，难道您不这么认为吗？但是我们队伍中的一个仍然在接待她，这不是为了完成任务，纯粹是出于人道主义的考量。

　　每周一、周三和周五与阿维亚内达的会面很快就成了众多日常事务中最让埃莱娜期待的一项。她会在十点整到达警察

---

① Glew，布宜诺斯艾利斯省的一个城市，位于布宜诺斯艾利斯市以南约32公里的地方。

② El Banco Provinca，是阿根廷最大的公共银行之一，总部位于布宜诺斯艾利斯省的拉普拉塔市。

局，等待他出现。作为一个警察，您实在太不准时了，阿维亚内达探长，永远都迟一步到达犯罪现场，或许就是因为这样，我才没法升职，女士，他回答道，羞红了脸，因为他想起了格鲁的地下金库，他的职业生涯就终结于那里，尽管并不是因为他的迟到。要么是阿维亚内达胖了，要么是他的外套缩水了，因此，就算他再怎么努力，也无法扣上他身上那件别着省级警察徽章的蓝色制服。他所有衬衫的衣领都不再硬挺。要是埃莱娜注意到了这一点，一定会主动提出为他护理它们，就像为她丈夫做的那样，但是坐在他办公桌前的椅子上，她的视线所能触及的范围不超过他第二颗无法系上的扣子。起初，这位女士总是盯着他的肚子，这让阿维亚内达感到有点不舒服，直到他意识到这并不是针对他个人的，无论埃莱娜再怎么努力，这都是她的目光所能抵达的最高位置，因此，随着会面次数的增加，他学会了收腹，屏住呼吸，或者在她面前弓着腰，把脑袋保持在与她的脑袋一样的高度，以便与她对视，为了做到这点，他需要把腰弯得极低，因此，那几天，在会面结束的时候，他的背简直痛得厉害。

最初的几次会面，埃莱娜是去寻求解释的，她询问调查的进展，要求警方回答那些没人提过的问题。她不是去自杀的，探长，麻绳是从教堂里取的，她曾经站立在那上面的椅子也是教堂的财产，这一切都不是她准备的，而是别人替她安排的。阿维亚内达只是看着她，就像在看某位他偶尔去探访的阿姨，他们继续着谈话，尽管他几乎没在听，他唯一的目的只是让她好过一些。起初他们还会争论，是这样的，对法院和警局来说，毫无疑问，她就是自杀的，女士，警员阿维亚内达说，但那天下雨，探长，她回应道，阿维亚内达无话可说，因为那天确实下雨了，尽管这个细节对他和他的同僚来说根本不值一提。很快阿维亚内达就学会了该如何正确地回应，没错，女士，确实下雨，不再为是否下雨争辩，但也不做埃莱娜希望他做的事。为了消磨专门为会面预留的时间，他会亲自为她阅读调查报告上记载的内容，有时他记混了，还会把几周前就讨论过的内容当作新的信息来阅读。没过多久，埃莱娜就明白了，这桩案件不会有任何新的进展，因为根本就不存在所谓的调查。于是，她开始主动提供调查所需的材料。从没有人向她索要过的、里塔的日程本，通讯录，所有她女儿认识的人的名单，手写的，磕磕绊绊的字迹，因为她的病，如果您有什么看不明白的，就问我，探长，我能看明白，女士，请别担心，警员回应，手里拿着那张埃莱娜递给他的纸，他在心里问自己，这位女士花了多少时间，才在这张画了线的里瓦达维亚纸上写下这些交缠的、扭曲的蓝色字符。还有一张清单，列出了里塔去世前去过的地方。罗贝托·阿尔玛达家，教区学校，超市，罗贝托母亲开的美发店，社会福利机构的办公室，她去那儿是为了帮埃莱娜两个月前做的肾脏检查争取医疗报销，但他们一直没有批准，看看能不能一劳永逸，让你闻起来不再一股尿味，妈妈。还有贝内加斯医生的诊室，阿维亚内达说，我的女儿什么时候去过贝内加斯医生的诊室？在她去世前两天，您不知道吗？不知道，她没告诉我，她没告诉您，但她去过，埃莱娜，可是她没生病啊，不是为了她自己，是为了您，我没和贝内加斯医生约诊啊，她是去和医生谈论您的情况的，埃莱娜，探长，您不会是在怀疑贝内加斯医生吧，是吗？不是，当然不是，警员说，我只是想告诉您，您得在她去世前去过的地方的清单上加上贝内加斯医生的诊室，要是您希望这张清单是完整的话，我当然希望了，探长，或许，就是因为他们谈论的某件事，医生和她说的某些话，您就是在怀疑贝内加斯医生，探长，您可别骗我，我没有，埃莱娜，我只是告诉您她去过贝内加斯医生的诊室，要是您愿意，就把它加进清单里，要是您不愿意，就不用管它，您把它加进去吧，探长，您才是负责调查的人，这些都是您的职责，我只是个母亲，按您的意思办吧，埃莱娜，警员说，但他似乎并不打算往清单上添加什么。于是，埃莱娜从他手里拿过那张纸，把手伸向书桌的另一端，抓起一支被遗忘在一个被彩色胶带装饰过的汽水罐头里的圆珠笔，在那张字迹凌乱的清单的最下方写上，贝内加斯医生的诊室。之后，她把那张清单还给了警员，您拿着，探长，她说，做您应该做的，好好做。

3

埃莱娜决定打车；她穿过宪法广场站的中央大厅，预想着将会遭遇的困难。就像一个必须盯着游泳池底部的泳者，她想尽最大可能，紧紧攥着自己描画的渡河缆绳，朝既定方向前进。但其他人可不懂什么渡河缆绳，他们随意地跨越、踩踏着它，从任意方向，向任意方向。细心的人还会避开她，那些没那么细心的人，就推搡她。她继续前进，就像其他人不存在一样，就像她觉得，对于那些人来说她并不存在一样。但他们存在，他们前进，他们远离，无数的人，来来往往，不止不歇。埃莱娜攥着那条只有她能看到、只有她在意的缆绳。有个人推了她一把，说了声抱歉，没等她回应便匆匆离去。另一个人避开了她，但他肩上挎着的背包重重地、无理地撞到了她的肩膀上。不计其数的脚在她前进方向距离两米处形成了一个不完美

的圆。或许是用来举旗、挂彩旗或者海报的杆子。用来承载怨怼的杆子。未支付的工资，解雇，不愿被驱逐的流动商贩，这些对埃莱娜来说都无关紧要，她也举着承载着怨怼的杆子，只不过没人能看见。有人举着扩音器大喊着些什么，围成一圈的人们鼓起了掌。有人提到了上帝，提到了某位神祇，提到了上帝之子。另一条由一双双鞋子组成的长队，穿着这些鞋子的人是来办理他们乘坐的火车又一次晚点的证明的，有了这张证明后他们的工资就不会被扣除。出租车比地铁好，她边想边绕过那个不完美的、由鞋子组成的圆，此刻他们正鼓着掌，为那个扩音器里传出来的声音，为上帝或者上帝之子欢呼。出租车比地铁好。不只是因为地铁只能把她带到卡兰萨站，而那里离她的目的地还有十个街区，街角租车行的老板是这么告诉她的。出租车比地铁好，是因为半个小时后，她可能没法从座位上站起来，任何一个座位，任何一个她的身体倚靠过的地方。她可不想让这一幕发生在地铁隧道里。尽管她已经很久——有好几年没坐过地铁了，这点她记得很清楚，因此她选择了出租车。她还记得她曾看到空无一人的地铁消失在地铁站的隧道中，与此同时，相反方向的站台上，一列地铁再次出现，准备开往相反的方向。她不知道这两列地铁是否就是同一列。之前这对她来说一点都不重要，但现在，坐下之后她可能就不能及时站起来了，这点就变得尤其重要。她知道被隧道吞没的地铁必定会从隧道口出来，因为如果不是这样的话，隧道里的空间就会被一列列地铁填满，容不下其他列车，但是，它们什么时候才会出来呢？那天下午？那一天？在下一颗药片起作用之前？还是之后？埃莱娜的时间和那些在地下运行、从一个地铁站开往下一个地铁站的列车不同。她没有需要遵循的日程表，或者约定俗成的时刻表。她的时间是用药片来衡量的。那些她放在包里的、五颜六色的药片，她把它们装在一个铜制的药盒里，药盒有好几格，是里塔在这一年她生日的时候送给她的。为了不让你制造麻烦，她对她说，把它放在了桌上。没有包装，它被装在一个几乎透明的白色塑料袋里，袋子上没有字，近似于超市提供的那种，但更薄一些，也没有印任何标识。蜡烛呢？埃莱娜问。于是，里塔开始在厨房柜子的最后一个抽屉里翻找，直到找到一支用过的蜡烛，她们存了很多这样的蜡烛，以防停电。蜡烛上沾满了滴下的蜡油，积满了污垢，这么长时间以来，它一直被遗忘在一个塞满了一切的抽屉里，已经变得虚弱不堪，中间甚至断裂开来，仅仅由内部的蜡芯黏连着。她整理好已被点过的蜡芯，用指尖刮去上部已经硬化的蜡，将它点燃，挪到埃莱娜身边，对她说，吹吧。埃莱娜吹了，头扭向一侧，确保这口气能够到达正确的位置，同时，她的嘴唇也歪向一侧，就像跳面纱七 ① 时那样，她的口水流到了合成树脂做的

---

① el siete de velo，是西班牙弗拉门戈舞中的一个舞步，舞者用手指展开面纱，并以特定的手势、身体姿势和舞步完成一系列优美的流动作。这个舞步通常在舞蹈演出中展现舞者的技巧和舞蹈的魅力。

台面上，你就不能随时带着手帕吗？妈妈。蜡烛的火焰几乎一动未动，再吹一次，妈妈，于是，埃莱娜再次将她的嘴唇歪向一侧，努力地鼓起脸颊，在嘴里积攒更多的空气，对准目标，尽可能地伸长她扭曲着的脖子，好离蜡烛更近一些，她本来是要吹的，但就在这个时候，一滴熔化的蜡油滴在里塔手上，这次必须得把它吹灭了，该死，她的女儿说，在空中晃动着蜡烛，一次、两次、三次，直到蜡烛熄灭，埃莱娜只好默默咽下嘴里的那口气。

要是她不能在该下车的时候及时起身，她就会消失在那条黑暗的隧道中，她不知道在那儿会发生什么，更糟糕的是，她不知道那里的时间是怎么衡量的。那里的时间与她不需要用指针就能衡量的时间是如此的迥然不同。就像净界①，她想，一种无尽之地，没有人能从那里离开，不管是为了上天堂还是下地狱。要么上天堂要么下地狱，她总觉得这种卡在半路的中间选项是最糟糕的。是净界还是炼狱②，她问自己；她已经不记得净界和炼狱的差别了，尽管她知道，两者之间存在差别，而她在某段时间曾经知道。她问自己，今天，在去伊莎贝尔·曼西利亚家讲述她死去的女儿的路上，记不记得两者的差别是否重

---

① el limbo，是地狱和天国之间的境界，是圣人和未受洗礼的不懂事的幼儿死后的住所。

② el purgatorio，是指人死后精炼的过程，是将人身上的罪污加以净化，是一种人经过死亡而达到圆满的境界（天堂）过程中被净炼的体验。

要。炼狱这个词让她觉得滑稽，因为她就在炼罪，每一天，她的身体就是一个行走的炼狱，就是一个偶尔，有时候，能够行走的炼狱。自从**她**让她的肠胃变得怠惰，她就用通便剂来炼罪。并不是因为它们的运作出现了问题，在她抱怨她已经好多天没有上厕所的时候，贝内加斯医生对她说，而是因为帕金森患者的肠胃会变得怠惰，埃莱娜，这很好解决，只要每天早上喝一杯西梅汁，或者中午吃一大盘甜菜。炼罪。因此，尽管她对这三者，天堂、地铁、炼狱，是否存在尚且存疑，她还是选择了出租车。她走出火车站所在的大楼，寻找着出租车停车点。她在一家报亭询问。您想去哪儿？卖报的人问。埃莱娜意识到，尽管此刻这个男人正看着她，却无法理解她的问题。因为对埃莱娜来说，哪个停车点离她的目的地近，哪个停车点更加顺路根本不重要。重要的是哪个停车点最近。哪个是她最可能到达的，在她的身体仍能作出回应，在她仍能拖着步子前进的时候。只要她的身体不熄火，不抛下她，让她独自在这陌生的城市中动弹不得。独自一人，没有身体。没有身体的东西能服从指令吗？埃莱娜一边想，一边拖着脚步，朝卖报人为她指明的方向走去。当一个人无法活动手臂，无法靠自己穿上外套，当一个人无法将他的腿抬至空中，向前迈进，然后放下，当一个人无法挺直脖颈，无法直面这个世界，那他成了什么？当一个人失却了对抗这个世界的面孔，那他成了什么？成了大脑，无法指挥任何人却持续思考着？或者说，成了思想本身，某种位于这个皱曲的器官之外，无法被看见，也无法被碰触的东西，被如同珍宝一般存留在头颅之中？埃莱娜并不认为没有身体的人就成了灵魂，因为她既不相信灵魂的存在，也不相信永生。尽管她从未向任何人袒露过这一点。她甚至不愿意向自己承认这一点，直到她无法再继续欺骗自己。因为安东尼奥，她的丈夫，是个虔诚的天主教徒，他是不会理解她的。除了不理解，他还会感到痛苦，因为他在教区学校工作了那么多年，不只是作为一个看门人，还为人传授信仰、教导教义、指导宗教仪式，要是他得知他的妻子，他女儿的母亲，既不相信灵魂的存在，也不相信永生，一定会痛苦万分。愚蠢，现在埃莱娜知道了，因为在她女儿葬礼那天，胡安神甫就这么说过她，她以及任何一个把死亡看作终结的人，任何一个认为此生之后什么都不存在的人。或许就是因为这个，里塔对天主教的信仰才会那么矛盾，她几乎总是刻意回避它。因为教养她的是一个狂热的天主教徒，和一个假装教徒的骗子。所以，虽然里塔脖子上悬挂着十字架，却敢在下雨天缺席每周的弥撒，因为比起犯下两重过错，撒谎和缺席弥撒，她更害怕闪电。她并未坦白犯下的全部罪恶，只是其中的一些。她并不会每晚祈祷，有几天不值得祈祷，她总这么说。但是，每个圣周五^①，她都会去七座教堂，她会斋戒，不只是在圣周五，还有星期四，灰烬

---

① 圣周是纪念耶稣基督受难前后事迹的节期。根据教会规定，时间为从棕枝主日至复活节的一周。

星期三 [①]，以及封斋期的每个星期五。每年圣诞节，她都会穿一条新的粉色内裤，尽管她清楚这与教会和福音书的规定一点关系也没有，不仅如此，她还会送一条给埃莱娜，但每次埃莱娜都会拿它去换一条黑的，你怎么会认为我会穿粉色的内裤，里塔？有什么关系，除了我，没人会看到你穿着它，妈妈？进教堂的时候，她不会裸露肩膀。她不咬圣饼。她会在领圣体前禁食一个小时。弥撒那天，她会在宣读教义前抵达，因为这样才算数。每次经过教堂，她都会在胸前画一个十字。对她来说，宗教似乎更多地基于传统、基于民俗、基于被人们视作仪式的东西，而不是基于教条或信仰。里塔有她的上帝，通过她自己的方式，通过她自己建立的、如同脑筋急转弯一样的规则，她拥有了自己的上帝。她的上帝和她的教条。而埃莱娜没有。既然如此，那么，为什么这些不属于她的祷告的词仍会出现在她的脑海中？为什么她的脑海中仍会出现天堂和地狱？为什么仍会出现复活、信条、表示哀悼我的上帝，还有我悔过、忏悔、罪孽，还有以父之名？这些词仍会出现，但没有上帝，也没有教堂。现在，也没有身体，她想，这么想的时候，她想着自己，也想着里塔，被长埋于地下的里塔。两具死去的身体。她

[①] el Miércoles de ceniza，是复活节期间的倒计时第 40 天，即复活节前的第一个星期三。这一天是严肃的日子，许多教堂举行特殊的仪式，信徒会前往教堂接受"灰烬的记号"（imposición de cenizas）。这个仪式的目的是让人们反思自己的罪恶、忏悔过去的行为，并准备好迎接复活节的到来。

的，还有那具曾经在她体内、由她滋养、呼吸着她呼吸的空气的身体，现在她重归于尘土，我们本是尘土，就像福音书说的那样。她女儿的身体。她宁愿自己相信灵魂存在，相信永生，相信我们本是尘土，又将归于尘土，她想，但是她知道，埃莱娜知道，我们一次又一次回归的尘土，只不过是她发现粘在她鞋上的那些，她坐上了出租车，说，沿着七月九日大道往右开，一直到解放者大道，再沿着解放者大道开，一直到费格罗亚·阿尔科塔大道，在那里右转，一直到天文馆，然后左转，一直到西班牙人纪念碑，再沿着解放者大道开，一直到奥列罗斯街，尽管她没说出准确的地址，出租车司机还是明白了她要去哪里，或者至少跟上了她的思路，因为他什么都没问，就移动着他几乎与她一样笨拙的身体，从座位一侧挪到另一侧，打开计价器，又把什么东西放进了杂物箱。埃莱娜知道这些，尽管她没法看见这一切，但她听到了司机移动时产生的动静，同时，因为她坐的位置突然暗了下来，就像一朵云遮住了之前透过前挡风玻璃射进车内的阳光似的。那个男人重新回到了他的位置上，准备发动汽车，又及时地停了下来，因为他通过反光镜看到后门还开着。埃莱娜刚把包放在腹部，还没来得及关上门。她的一条腿勉强进了车，弄皱了那个男人在洗他的车的时候使用的纸质地垫，另一条腿还在车外，进不来，膝盖朝外，脚悬在空中，等着埃莱娜通过双手推动座椅的力使它安全地落到地面上。男人有点不耐烦了，我帮您？不用了，埃莱娜说，她借助已经进入车内的那条腿，把另一条腿也拽了进来，将它旋转了九十度，就好像它是个栅栏一样，之后，她使足力气，将大腿向下压，直到脚着地。这时，她才知道自己做到了。可以走了吗？司机问，于是，她抻长身体，抓住门把手，猛地朝身体的方向一拉，就好像那是她每天早上用来帮助自己起身的麻绳一样。可以走了，埃莱娜说，现在可以了。她想象着司机通过后视镜注视着她，看着她斑白的头发，里塔每次看到都会嫌弃的、发根边上小小的皮屑，用去屑洗发水，妈妈。出于羞耻，她试着抬起头看他。但是她的时间，埃莱娜的时间，停滞了。能够帮助她将头抬起来的左旋多巴已经耗尽了。一点不剩，埃莱娜知道。她知道她只能等待，等待几分钟，直到服掉下一颗药片，然后，继续等待，直到药片溶解，充满她的身体。她的等待，这段无法用指针衡量的时间，她用来祈祷的时间，她的祈祷是有益的，因为它能够陪伴她。祈祷里有**她**，有信使，有被推翻的国王，有没穿衣服的皇帝，有把她家和火车站分隔开的街道，有她即将要去的街道，她刚刚经过的火车站，左旋多巴和多巴胺，还有肌肉，然后又是**她**，国王，没有王冠的国王，一丝不挂。

车动了起来，埃莱娜十分感激，感激有人帮她让车动了起来。

4

请把医疗保险公司的两名女职员也加到清单里，阿维亚内达探长，您这么觉得吗？埃莱娜。他回应她，此时他正坐在她身边，在广场那棵商陆树最盘曲的树根上。那个时候他们已经不再在警察局碰面了。我们已经尽最大可能人道地对待那位女士了，阿维亚内达，街区的人开始议论了，几天前，警察局长对他说，议论什么，局长？说我们拿了她的钱，阿维亚内达，婊子养的，他们怎么会以为我们会对那位年长的女士做那种事呢？就是。但阿维亚内达警员不敢对她说别再来了。为了她，也为了他自己。到了这个分上，接见埃莱娜已经成了他最期待的任务，那种一个人不情不愿地接受，却很快成了他生活的一部分，成了生活本身的任务。阿维亚内达以一种令他自己都感到惊讶的热情期待着这些会面，然而，他能够为那位女士做的

其实少得可怜。他编了个借口，他们在粉刷我的办公室，很快您就能看到他们把它弄成什么样了，埃莱娜。埃莱娜并不相信他的话，但她还是去了广场，与他谈话，就好像她相信一样。里塔对那两个女职员的态度很差，她坚持道，好吧，埃莱娜，这可不算个充分的动机，真的很差，我是认真的，您理解吗？很差，很差，探长，我理解您，但是人不会把每个对他态度差的人都杀了，不然的话，我们这个世界上还剩下多少人，或者说，我也可能已经不在这个世界上了，我就得杀掉我的不止一个老板，不是警察局长，是建筑工地的老板，我之前在工地上干活，埃莱娜，我没和您提起过吗？没有，您没和我说过，还有我的兄弟，先得杀了我的兄弟，再杀我的老板们，我的兄弟得杀掉他的岳父，我的弟媳得杀掉我的母亲，单身的人，所有人，还有我，没有人知道自己能不能活下来，警员说，您能活下来，探长，埃莱娜纠正道，您看起来是个好人，别被外表欺骗了，埃莱娜，看起来这身制服帮了大忙，别这么谦虚，探长，埃莱娜笑了起来，看起来，制服对您确实有所帮助，您，埃莱娜，您才是好人。埃莱娜摇了摇头，否认道，您这么说，是因为您没看见我和里塔吵架，那我应该把您也加进清单，警员开起了玩笑，在这句话从他嘴里蹦出来的那一刻，他就意识到这简直愚蠢至极、不合时宜，为什么不呢，探长，她回应道，您应该调查所有人，包括我，要是您这么做的话，我会很开心的，就算从我开始也没关系。

随着埃莱娜的病情逐渐恶化，她和保险公司女职员的关系也逐渐僵化，因为她们需要报销的费用越来越多。埃莱娜有很多用来说明里塔态度差的例子。毋庸置疑，她的女儿对那些职员态度恶劣，但她们也用同样恶劣的态度回敬了她，尽管她们用上了在医疗保险公司总部特训后习得的温柔嗓音，作为她们的伪装。然而，她们的语调并没有帮上忙，里塔一直反感那些说话声音轻的人，他们让我感到害怕，妈妈。她们说康复治疗的份额已经超标了，医院的处方上写的是五百，但是医保只承认三百。三百什么？三百颗药片？医保指定的医生给她开的仿制药和她要求得到的药完全不同，里塔从二十年前就虔诚地支付她们两个的医保费用，可不是为了得到这种对待，您没试过阿根廷国家养老金与医疗保险计划①吗？她们没试过，阿根廷国家养老金与医疗保险计划对她们来说是个糟糕的词，因为在安东尼奥突发心梗，躺在埃莱娜现在独自居住的房子的厨房里快要死的时候，她们两个等了一个多小时，救护车才终于赶到，那时他已经死了五分钟。救护车的警笛响彻街道，离她家越来越近，但那个时候埃莱娜就知道，已经晚了。她们确实去过老的残疾人康复中心，这对母女仍然用这个名字来称呼它，尽管十年前它就改了名字，为了不在扩张的进程中冒犯到任何人，然而，这个新名字仍然让人感到厌烦，去

---

① PAMI，全称为 Programa de Atención Médica Integral，是阿根廷政府管理的养老金系统，为退休人员提供医疗保险和保健服务。

拉姆赛街 ① 吧，去国家残疾人康复和促进机构，里塔，去办一张残疾人证明，这会为您扫除不少障碍，当医疗支出开始呈几何倍数增长时，保险公司的女职员这么对她说。但里塔觉得没这个必要，为什么我必须这么做？是这样的，比如，每次您拿一份您母亲的物理治疗预约单来，我就得向中央审计部门请求授权，这就得耽搁您不少时间，另外，在他们批准授权的情况下，我也得从您的医保余额中扣除相应的费用，这样一来，等到医保里的钱被耗尽，物理治疗也就没戏了，您理解了吗？不，我不理解，我给您解释，也就是说，有了残疾证明，您就没有这种限制了，操作起来也会更快，那之后呢，之后会有什么限制？抱歉，为什么我得去一个地方，证明我的母亲是残疾人？难道您没看到她的样子吗？女职员将视线向下移，请您看看她，里塔阻止了她，您觉得如何？女职员抬高了视线，却没有作出任何回应，您看不到吗？不，这不是基于我的考量，要是我了解您的母亲，就会帮她办理残疾证明，这样她就可以……她没能把这句话说完，因为里塔打断了她，请您鼓起勇气看看我的母亲，您觉得这样的一具身体需要某个人去证明它没有能力吗？谁会去讨要一件大家都心知肚明的东西？中央审计部门要求我们提供证明，难道您不能和他们说我们不需要这张证明吗？就算我这和他们说，他们还是一样会要求我们提

① calle Ramsay，位于布宜诺斯艾利斯的巴尔瓦内拉区，横跨圣马丁区和克雷斯波别墅区。

供证明，您的证言还不够，病历还不够，她主治医生的证明还不够吗？这是规定，告诉他们我会把我的母亲带到他们跟前，带到那些不信的人跟前，让他们好好看看她，但是我可不会让他们逼我的母亲去遭受那些她根本不必遭受的繁文缛节。没有什么能够改变中央审计部门提出的要求。于是他们去了那里，拉姆赛街，在女职员提出那个建议的十四个月后，您给我预约的这个日期是明年的吗？里塔问在曾经是残疾人康复中心的前台负责接待的女职员，那是一栋独栋别墅，他们在别墅附近建造起了一间又一间的小屋，这个地方比里塔想象得开阔得多，甚至种了很多树，没有早一点的时间吗？有很多人需要办理这个，女士，希望这些人都能再活十四个月，小姐。到了预约的日子，罗贝托·阿尔玛达设法向银行请了一天假，还弄来了一辆小货车，有必要麻烦那个男人吗，里塔？和他说没必要为了我这么做，他是为了我，不是为了你，妈妈。他们在约定的时间抵达，心情低落，特别是里塔，她确信会遭遇某种障碍，无论是什么，让她不得不再跑一次，一份文件，一个签名，一枚印章，任何一个细枝末节，但在发现它被遗忘或缺席时，就变身成为无比重要的东西。但事实并不是这样的，他们等了没一会儿，埃莱娜对里塔说，她更希望罗贝托在货车里等她们，看看人们会不会觉得来申请残疾证的人是他，里塔，虽然母亲的话让里塔有些生气，但她应该也有相同的疑问，因为她没多说什么，便让罗贝托出去了。她们在一间等候室里坐了下来，周围是其他来申请证明的人。一对牵着手的夫妇，轮流腾出另一只手来抚摸他们得了唐氏综合征 ① 的婴儿，一位年长的、拖着女儿的母亲，她的女儿用包遮着脸，就好像她是个不想被人认出来的女明星似的，一个失去了双腿、坐在轮椅上的男人。埃莱娜斜着眼睛观察着，通过他们穿的鞋子，以及双脚的动作，如果他们仍能够活动双脚的话，如果他们已经无法控制它们了，就通过双脚的静止，编造着她所不知的、属于他们的故事，当她观察到的事实或者她的想象力不足以构建出一个完整的故事时，她就寻求里塔的帮助，闭上你的嘴，妈妈，难道你喜欢别人这么议论你吗？

　　每个入口都有斜坡，每间办公室门口都挂着标明门里坐着的人的职位或姓名的牌子，墙上挂着海报，海报上是办理手续的过程中可能出现的所有问题的解决方案。她们没有等很久，一名女医生很快接待了她们，她在三分钟内看完了文件夹里的所有材料：埃莱娜的身份证复印件、社保卡复印件、最近一次退休金的收据、贝内加斯医生的女秘书帮她们复印的就诊记录、填写完整并签上字的表格，甚至没有抬头看一眼埃莱娜，就在纸上盖了章，从那一刻开始，对于那些想要获悉真相的人来说，埃莱娜就是个真正的残疾人了。帕金森，她在其中一个

---

① 即 21- 三体综合征，又称先天愚型或 Down 综合征，是由染色体异常（多了一条 21 号染色体）而导致的疾病。60% 患儿在胎内早期即流产，存活者有明显的智能落后、特殊面容、生长发育障碍和多发畸形。

格子里写。这样就好了？她把纸递给里塔的时候，里塔问道，对，这样就好了，女医生说，您母亲的情况非常明确，没有任何问题，因为不管做什么，他们都让我们一趟又一趟地跑，医生，在这里？不，不是这里，在社保局，在医院，没错，女医生说，他们觉得那样您们就会厌倦，就不会再提出任何要求了，您可不能让他们如愿，里塔应和道，我不会让他们如愿的，医生，您放心，离开的时候请您不要忘了，可以领取停车证明，您们还可以约见我们的法律顾问，他们会解答您们的任何疑惑。她们没有车，不需要领取停车券，也不需要免费的车牌许可，因此，她们径直去了法律顾问的办公室。那对有个患有唐氏综合征的婴儿的夫妻，还有一个陪另一个失明的女孩来的女孩也在那里。律师建议他们先把证书塑封起来，再加以妥善保管，重新办理这些手续可不是件让人高兴的事。埃莱娜觉得，虽然她没法看到那位律师的脸，但他肯定是个帅气的小伙，而且还很善良，因为他挂念她，还挂念她在办理手续的过程中浪费了太多的时间。诸位如果需要停车券，或者免费的车牌许可，今天就可以开始办理相关的手续，律师说道，尽管埃莱娜看不到他，就像那个失明的女孩一样，但她知道律师环视了所有人，第22431条法令确保了这一点，有任何疑问，都可以拨打我们的电话，在这里，他指着证书模板上的一行字说，随后，他又用蓝色圆珠笔在所有人证书的这一行画了线，最重要的是，我要告诉诸位，从现在开始，没有人，无论是在社保局还是在医院，能够收取诸位任何费用，也没有人能够延迟发放诸位所需的、治疗残疾的药物和治疗的授权，因为从今天开始，这些开销不由他们支付，而是由国家负责。他的话清楚地说明了为什么医保中心明明看到了埃莱娜，却不承认她的残疾。货到付款。律师和在场的所有人握了手，埃莱娜把她已经变形了的手帕藏在毛衣的衣袖里，伸出了手。她紧紧握着那只既柔软又充满力量的手，一直没有松开，这让里塔有些尴尬，我们走吧，妈妈，律师还得和所有人问好呢，她抓住埃莱娜的肩膀，把她拽了出去。在她们离开的时候，律师叫住了抱着婴儿的夫妻，请两位再留一会儿，我还有话想和您们说。他人真好，我就和你说他人好了，埃莱娜对里塔说，但是里塔走在她前方几米处，根本没听见。

埃莱娜边哭边走出拉姆赛街，坐上货车的时候，罗贝托·阿尔玛达问她，您怎么了，埃莱娜，为什么哭？他们对我很好，孩子，她说，再也说不出其他话来。

拿到残障证后，和保险公司女职员的争吵就变少了，没了不计其数的拒绝，总而言之不用他们付钱了，这让里塔不再有理由当着他们的面发泄自己的怒火。直到那天下午，她要求他们为她提供两盒美多芭①，贝内加斯医生将外出参加一场会议，不想让埃莱娜中途断药。里塔把药方递给那个每次都负责

---

① 即多巴丝肼片，用于帕金森病、症状性帕金森综合征（脑炎后、动脉硬化性或中毒性），但不包括药物引起的帕金森综合征的治疗。

接待她的女职员，这张药方上没写长期治疗，所以呢？如果上面没写长期治疗，我就不能为您提供两盒美多芭，药方上写了两盒，没错，没错，上面写着两盒，但没说明是"长期治疗"，但是，既然帕金森无法治愈，怎么可能不需要长期治疗呢，您得让医生在处方上亲笔写明是长期治疗，要是你继续像这样给我使绊子，我就让你吞下自己的拳头^①，我只是在履行我的职责，别和我说什么服从，如果你的上级给你下了一个愚蠢的命令，而你选择服从，那只能说明你也是个蠢货，我很遗憾地告诉你，愚蠢也是需要长期治疗的，尽管没有人亲笔写明这一点。话音刚落，里塔就从女职员手里夺过药方，径直离开了那个地方，在匆忙中，她忘了与她同去的母亲还坐在接待处的扶手椅上等待着她。在场的三个人什么都不敢说，也什么都不敢做。她们就那样待着，就像里塔已经把她们抛弃了一样，两个女职员坐在柜台后，埃莱娜面对着她们，身子扭曲着，头低垂着，从嘴角淌下来的口水滴在她用最近一个月的退休金买的人造纤维面料的 T 恤上。埃莱娜觉得看到她坐在那里，面对着她们的柜台，试图站起来却又做不到，保险公司的那两个女孩一定觉得很不舒服。电话铃响了，两个女职员都没有去接。埃莱

---

① 前文中的"亲笔写明"在西班牙语中为"de puño y letra"，其中"puño"直译成中文为"拳头"，letra 为"字母"，因此这里里塔说让女职员把自己的拳头吞下去（"puño es el que te vas a comer vos"），同时这个短语还有"感到非常懊悔或悔恨"的意思。

娜又一次摆动身体，试图找到平衡，她用尽力气，站了起来，抓住了椅子的靠背。椅子滑脱了，埃莱娜也和它一起滑了出去，其中一个女职员迅速从她的静止状态中脱离出来，冲过来扶住了埃莱娜。就在这时，保险公司的门开了，里塔疾风般地走了进来，你别碰她，想都别想，她对女职员说，女职员松开了手，埃莱娜又开始东倒西歪。我们走，她的女儿命令道，但愿我可以，她回应道。

5

　　埃莱娜被动地等待着。几分钟前她吞下了药片。她知道她能够做到，她知道，尽管**她**，那婊子样的臭病会对此感到不快，但她仍然能够通过那些药片控制自己的时间，即使只是一小会儿，但她能够做到。她打开包，在里面摸索着，拿出一块那天早上她放进去的奶酪三明治，她知道，药片和湿润的面包渣混在一起之后，就能更快地起效，因此她才这么做，因此她才把这块奶酪三明治和她的钱包，还有家里的钥匙放在一起。她咀嚼着，吞咽着，一些面包屑掉在了出租车上，埃莱娜急忙用纸质的地垫盖住它们，不让司机看到。吃完三明治后，她再次打开包，在里面寻找了一番，掏出药盒和一盒果汁，她用身体允许的最大力气撕开纸盒，把塑料吸管放了进去，用大拇指和食指捏着属于当下的药片，塞进嘴里，塞进口腔深处。她用

舌头托着药片。接着，把吸管插到纸盒底部，吸了一口。药片没能抵达咽喉，甚至没能过扁桃体那关。于是，她又吸了一口。司机和她说着话，但她没搭理，深深地用鼻子吸了一口气，这样她就不会觉得透不过气了。她被汽车喇叭声吓了一跳，又是一声，难以置信，司机抱怨道，要是埃莱娜能够看到的话，她就会知道司机在说那个没能在绿灯变红之前走到马路另一边的人，最糟糕的是，如果撞到他，我就得为此付出代价。埃莱娜又吸了一口，她挤压着纸盒，以便更容易地喝到果汁，尽管药片仍然没能顺着喉咙滑下，但大量的液体让它逐渐开始溶解。要是她能够向后仰头，就能吞下药片，但不行，她做不到，她的身体不允许她做出这个任何人在吞咽阿司匹林时都能完成的简单动作，于是，她只好侧坐在座位上，向下滑动，试图帮助药片顺利通过那个极难通过的弯道，这次她成功了，此刻药片贴着她的喉咙滑了下去，消失了，而懈怠下来的她则倒在了自己的胳膊上，手上仍然拿着那盒果汁，她设法把纸盒扶正，不让果汁洒出来，但她的身体仍然保持着侧躺的姿势。她等待着。一只手试图擦拭出租车的前挡风玻璃，埃莱娜通过座位和座位之间的空隙看到了这一幕，司机又一次按响了喇叭，这次是持续不断的，直到那只手擦掉了它倒在玻璃上的清洁剂，继而消失不见。埃莱娜没看到那是谁的手，应该是个年轻人的手，因为它很小，因为上面没有皱纹，但这些都只是她的猜想，她所在的位置只能清楚地看到她所乘坐的这辆出租车污浊的车顶，太过分了，司机说，埃莱娜不敢冒险询问他指的是什么，因此什么也没说，只是尝试着活动她的手臂，不让它被身体的重量压麻，她勉力做到了，这次小小的胜利让她松了口气，她战胜了她。司机打开收音机，这给了她希望，因为她觉得收音机里的声音能让他保持安静，但她错了，因为主持人说的就是司机在说的事，就好像他们认识一样，区别在于，主持人说得比司机更难听，更亢奋，无比愤怒，通过表现他的愤怒消除他人的疑虑，没错，就是这样，司机表示支持，并在后视镜里找寻着她，您的东西掉了吗？他问道，我掉下去了，埃莱娜回答，您还好吗？很好，很好，她在她的位置上说，您需要帮助吗？不用，不用，我已经吃过药了，您需要我停车吗？不，我希望您继续开，您不想发射吧？发射什么？就是呕吐，女士，不，不想，老兄，我只是病了，没别的，您得了什么病？帕金森，埃莱娜说，哦，帕金森，他重复道，有一次他们说我可能得了帕金森，但其实不是，其实是因为酒精，我发抖是因为酒，我喜欢酒，啊，真不错，埃莱娜说，但我老婆给我下了最后通牒，要么我戒酒，要么她就把我逐出家门，女人就是这样，不容置辩，以为就该她们发号施令，我们就由她们这么想吧，当然，工作的时候我是不喝的，工作的时候我几乎从来没喝过，但是我喜欢酒，有什么办法呢。埃莱娜想，她不知道自己喜不喜欢酒，因为她从来没喝过。她一边想着从来没喝过的红酒，一边看着一只蜘蛛从车顶的一条接缝爬到另一条上。这辈子应该喝醉一次的，应该学会开车，应该穿一次比基尼，她想。还有情人，她还应该有个情人，因为她只有过一个性伴侣，就是安东尼奥，她曾经为此感到自豪，她只属于一个男人，但是此刻，衰老，佝偻，倒在自己的胳膊上，她知道她再也不会有性伴侣了，埃莱娜不再感到自豪，她感受到的是另外一种情绪，不是遗憾，也不是愤怒，她感受到的是一种她不知道该如何命名的情绪，一种人们在意识到自己的愚蠢的时候会产生的情绪。她到底为谁守护着她的贞洁，为什么时刻保持忠诚，出于什么原因在成了寡妇之后守身如玉，怀着什么希望，相信什么。此刻，倒在出租车的座椅上，贞洁、忠诚和守身如玉，甚至性爱，对她来说都不再具有从前的意义。她问自己，要是想的话，她是否还能和某个人发生关系。她问自己为什么不想，是因为帕金森，因为守寡，还是因为年纪大了。或者因为太长时间没考虑这个问题，已经习惯了。她问自己一个得了帕金森的女人要是想的话，到底能不能有性生活。她想象着自己在下一次就诊时询问贝内加斯医生这个问题的场景，笑了起来。那一个得了帕金森的男人呢？一个得了帕金森的男人能做爱吗？他能进入某个女人的身体吗？对男的来说应该更难，她想，因为他们得更主动。得了这种病的男人是不是得像她一样，根据服药的时间制定一份性爱时刻表？她为这个并不存在的男人感到遗憾，她同情他，同时庆幸自己不是个男人。广播里开始播放一首博莱罗舞曲，出租车司机跟着旋律哼唱起来。深深地吻我，歌手唱道，出租车司机回应道，就好像今晚是最后一夜。他继续哼唱了几句，直到他意识到自己不知道后面的歌词是什么，才重新回到红酒和其他含酒精饮料的话题上，要是我再喝，我老婆就会把我逐出家门。上一次埃莱娜喝酒，喝的还是草莓味的起泡酒，是罗贝托·阿尔玛达第一次来她家吃晚饭的时候带来的。这是他们的"正式会面"，尽管他一出生他们就认识了，谁会想到那个驼背小子几乎要成为家里的一员了，是吧，里塔？别叫他驼背小子，实话不伤人，当然伤人了，妈妈，你想要我证明这一点吗？连结起里塔和罗贝托的是他们共同的信念，这比任何其他东西都更加重要，它允许他们把那些最变化多端的、最独断的和最反复无常的概念说成是绝对的真相。关于如何切身体会那些他们未曾经历的事，如何走完他们选择以及未曾选择的人生道路，如何鼓吹他们能力所及以及能力之外之事的信念。最根本，最深刻的信念，用火深深地烙印在将他们中的一个与另一个紧紧连结起来的秘密契约中，就是他们共同的、对教堂的恐惧。罗贝托惧怕的不仅仅是雨天的教堂，而是处在所有气象状况下的教堂。从他还是个孩子起，从利马①时期起就是这样，那时他的母亲玛尔塔，或者说米蜜，从他们回来那天起她就这么称呼自己，跟着一个探戈舞者，她当时的男朋友——但并不是罗贝托的父亲，跑了，

---

① Lima，秘鲁首都。

他来是为了在一家体育俱乐部演出，而她每个星期天和节假日都在那儿的吧台工作。她把孩子也带走了，谁愿意接管他呢，还是个婴儿的时候，人们就能看出他是个驼背，够了，妈妈，没过多久，舞者就厌倦了母子二人，把身无分文的他们扔在那个陌生的国度，毕竟除了他母亲的狂热，他们之间再没有任何纽带。她在那儿学会了理发的手艺，在那之前她只会修指甲，再后来她就搬到了巴朗科①的一个房间里，是她在教她们造型、理发、染发的学校认识的同学租给她的。按照逻辑，他们本该回到自己的国家，但她不愿意草草返回，将自己的失败公诸于众，因此，尽管在秘鲁只能勉强维持生计，她仍然选择和她的儿子一起留在那个总是被乌云笼罩却不下一滴雨的城市，无边无际的大海每一天都宣扬着他们的渺小。时光悄然流逝，男孩长大了，他的驼背也日益显眼，在他的朋友们带着女孩去叹息桥，撒谎说会永远爱她们的时候，他却形单影只，每隔一天去一次那座桥，远远地望着教区的修道院，人们说那儿的大钟在一次地震后掉了下来，砸碎了神甫的脑袋。地上的一块血渍，每个人都觉得自己看到的那块就是，让人们永远记得飞溅的脑髓、神甫四散的脑瓜。要是你不好好表现，没头的神父就会把你带走，他的母亲外出工作或者做别的事情的时候，照顾他的老太太就会这么说。罗贝托就这样怀着恐惧长大，但他害怕的

---

① Barranco，秘鲁首都利马的一个地区，位于利马南部，毗邻太平洋海岸线，是利马最古老的艺术区之一，以其独特的建筑、文化氛围和美丽的海滩而闻名。

并不是没头的神父，因为他的表现一直很好，他害怕的是教堂的钟楼，正因如此，他无时无刻不在计算另一口大钟掉下，砸死另一个人的可能性，也正因如此，他总是与钟楼保持着一定的距离，确保掉脑袋的不是他自己。尽管布宜诺斯艾利斯城郊从未有过地震的先例，但罗贝托仍然不愿意靠近任何一座教堂。所以罗贝托不可能杀死里塔，把她吊在钟楼上，因为他无法与比他强大得多的里塔抗衡，除此之外，他也不可能靠近教堂，埃莱娜知道。即便如此，在排除他的作案嫌疑之前，警方还关注了另外一些没那么深刻的细节，比如，他一整天都在银行做内部审计，盘点现金，在场的二十多个人都可以为他提供不在场证明，这是在她坚持认为这是一桩谋杀案，要求警方调查嫌疑人和他们的作案动机的时候，警察局长告诉她的。没有人陪您吗？出租车司机问她，就在那一刻，那只蜘蛛爬上那扇只开了一条小缝的窗户的窗框，消失了，没有，没有人陪我，埃莱娜说，孤身一人在这个世界上？对，他妈的！那些人竟然还在抱怨！我有一个女儿，但她被人杀了，埃莱娜几乎想都没想便脱口而出，已经没法再在这个国家生存了，女士，人们走上街，就被杀了，就是这样，司机说。不过，对于埃莱娜来说，在她说我有一个女儿，但她被人杀了的时候，司机是怎么理解的已经不再重要，在司机说"我们"，把她和她的身体也囊括在内的时候，他指的到底是谁也不再重要，她只希望他能安静一会，再来一首博莱罗舞曲，好让她能够将注意力集中在她自己的事情上，移动那早已，她知道，不属于她的身体。

尽管埃莱娜没法看到，但出租车已经飞驰在解放者大道上，驶过了赛马场[①]，正值正午时分，她推测太阳应该就在她头顶上方，炙烤着汽车顶板。旁侧一辆公交车的刹车声吓到了她，不过她立马就意识到什么都没发生，只不过是噪音，除了声音本身之外并不具有任何意义，于是，她又将注意力转回到自己的事情上来，再过几个街区就是她的目的地，到了那儿她就得让她这具被困住的身体动起来，她就得再次上路。她试着下达命令，让身体遵从。她在位置上水平抬起右脚，往前移动了几厘米，将它放下，又抬起左脚。两只脚都有反应，她又试了一次，抬起右脚，放下，抬起左脚，放下，另一只脚，再来一次。然后，她停了下来，尽管在没有人帮助的情况下，她无法从身处的位置站起来，但她知道她已经准备好了，在出租车将她送达目的地的时候，她需要的不过是一个能够让她起身的支点，一只手，一根长杆，一根麻绳，这样她就能够再次上路，一只脚，然后另一只脚，一步再一步，依托着一颗再一颗的药片。

---

① el Hipódromo，布宜诺斯艾利斯最重要的赛马场之一，是阿根廷各大赛马比赛的主要场地，包括阿根廷大奖赛和阿根廷共和国大奖赛等。

6

───────────

也不会是米蜜杀的，埃莱娜知道，所以她从来没向阿维亚内达提议，把米蜜列入那张无用的嫌疑人名单。尽管她可能有过想杀她的心，埃莱娜想，不过没有人会因为想杀人而获罪，就算他想杀的人是自己的孩子。没有人会因为他的想法或者感觉而获罪，除非他有进一步的行为。人会因为他的行为而获罪，尽管只是有时。米蜜没有杀里塔，但她一定渴望过她的死亡，因为她知道，这个女人总有一天会跨过她的尸体，带走她生命中唯一真正拥有过的东西，她那个驼背的、无条件地爱着她的儿子，他像一根已经腐烂的阑尾一样紧紧地贴着她，没有人敢把它切除。米蜜不可能杀她，因为那个时候埃莱娜和她在一起，就在她的美发店里，在里塔被吊死在教堂的铜钟上，呼吸着最后一口进入她肺部的空气时，还有在那之前，以及在那之后。

这是里塔的主意。埃莱娜从没想过她会将她人生中的一整个下午浪费在那样的地方，那里挂满了镜子以及陈旧、泛黄的海报，海报上还印制着梳了过时发型的女人。她从来没有想过，无论是在那家美发店还是在任何其他一家。里塔颇费了一番口舌，才让她的母亲接受她为她安排的服务：洗、剪、染、吹、造型、美甲、足部护理、唇部脱毛。除此之外，她还根据服用药片的频率精心安排了相应的时间表，确保埃莱娜的身体里有充足的左旋多巴。别再抱怨了，你马上就会感觉好些的，现在我也没觉得不舒服，只是脚指甲有点长了，下周你可以帮我剪，没错，妈妈，尽管这让我觉得恶心，但我确实能帮你剪，今天就可以，但之后呢？什么之后？剪了指甲之后呢，我不会染头发，也不会剪，需要会这些吗，里塔？她问，她的女儿看了她一会儿，说，你看过镜子里的自己吗，妈妈？没有，埃莱娜回答道，这很明显，妈妈，你哪天真应该照照镜子，我站在厕所的镜子前，但我看不到自己的脸，只能看到洗手盆和脚脖子，把镜子摘下来，妈妈，把镜子从墙上摘下来，放在你面前，好好看看自己，这样一来你就会明白，为什么我的样子让你这么忧心，里塔？问题的关键不是你现在是什么样，而是别人看到的你是什么样。里塔喃喃自语道，是我在看你，每一天，妈妈，我走近床边，把你扶起来，我看着你没戴假牙的脸，你睁开的、空洞的双眼，我坐在你对面吃早饭、中饭，还有晚饭，看着你大张着的嘴，嘴里满是黏稠的口水和尚未咽下的食物，那肮脏的糊状物，晚上我把你扶上床，把杯子递给你，让你再次把假牙放进去，但对你来说把假牙放进杯口不是件容易的事，因此我得从你手里接过它，抓住它，把它塞进杯子里，用我的双手，然后，我才能上床睡觉，但这一天并未结束，因为到了凌晨两点或者三点，你会把我叫醒，让我带你去厕所，我带你去，帮你脱下内裤，再帮你穿上，我没给你擦屁股，没错，我做不到，我做不到这一点，但我让你坐在马桶上，把厕纸递给你，从你手中接过湿漉漉的厕纸，按压马桶的冲水按钮，让流动的水带走你的尿液，我再一次把你安顿在床上，为你调整一个舒服的姿势，你在床上看着我，嘴里没有牙，令人惊奇的眼睛里没有一丝惊讶，嘴唇上方的小胡子长得就像铁丝一样，我看不下去了，就在我要离开的时候，你又把我叫住，让我为你调整脚的位置，拉一拉被子，或者动一动枕头，于是我又回来了，再一次看到你，再一次闻到你身上那股永不消散的尿骚味，它永远不会消散，因为它就是你的，因为它已经渗进了你的皮肤，我听着你那疲惫、沙哑的呼吸，我关掉你床头柜上的灯，在关灯之前，我又看到了你的牙齿，那副我用我的手塞进杯子里的牙齿，我又看了一眼自己的手，在衣服上蹭了几下，想把它们蹭干净，我闻到了它们的味道，它们散发出一股你的味道。接着，里塔对她的母亲说，我，妈妈，问题是看你的人是我，就算我去了美发店，又能改变什么呢？

什么都改变不了，你说得对，如果只是为了你，什么也不会改变，不过无论如何你都得去，会改变的。她把她拖到了美发店，让她坐在前台的藤椅上。她没有和任何人打招呼，连米蜜都没有，她比往常更加阴沉。我就把她留在这儿啦，里塔说完便离开了。埃莱娜静静地等待着，一动不动地盯着沾了历时长达几个月的灰尘和不同颜色的头发的黄麻地毯。在她视线所及的低矮的桌子上，她看到了一叠曾经时新、现在已经陈旧的杂志，还有一叠宣传健康产品的小册子、蜂王浆、芦荟面膜，还有一些承诺能够改善使用者身体状况的同类产品。得除掉她，埃莱娜知道，对她来说不存在什么改善身体状况的承诺。她伸展身子，抓起一本她能够到的杂志，一页一页地翻阅，假装阅读着，与此同时继续她的等待。纸页粘在一起，一翻就是好几页，于是埃莱娜把食指放进嘴里浸湿，试着把纸页捻开，这不符合规矩，但是，反正里塔不在，没有人会指责她，没有人会对她说，别这么恶心，妈妈，但是孩子，你难道没发现，帕金森使我没法轻易地翻动纸页吗？别找借口了，妈妈，你总是这样，别把责任推卸给你的病。响起一段功能性的旋律，悬挂在美发店两角的扩音器里传出一段试图模仿失真钢琴演奏会的音乐。洗发水和乳霜的味道混杂着染发剂和热蜡的味道，埃莱娜说不出这味道到底是否令她感到愉悦。就是这样，就像闻起来这样。就这样。在她就快把整本杂志翻完的时候，一个女孩过来叫她了。请来这边，婆婆，婆婆个头，埃莱娜回应道，但在女孩有所反应之前，她就笑了起来，很久以前她就明白了一个道理，一句玩笑能够掩藏所有的辱骂，消解所有的怒火，婆婆个头，她又重复了一遍，便伸出一只手，让女孩扶她站起来。女孩拉了她一把，但这还不够。另一个女孩出现了，从后面推了她一把，又将双手从她的腋下穿过，她说她知道在这种时候应该怎么办，因为她一直照顾她的奶奶，直到她去世。埃莱娜终于站起来了，尽管并没有这个必要，两个女孩还是一人挽住她的一只胳膊，将她带到属于她的扶手椅上，她们紧紧攥着她的前臂，就好像是她的移动靠背一样。首先是染发，他们在她胸前垫满毛巾，还给她套上了一件黑色的塑料围布，固定在身体一侧，您确定您不能再抬一点点头吗，埃莱娜？米蜜抱怨道，埃莱娜试了试，但头还没抬高多少，就又一次掉回到它原本的位置上，掉回到**她**让它掉的位置上，婊子样的臭病。她在焗油机里待了二十分钟，一股股热风恰好吹在她的后颈上。把头发上多余的染发剂洗掉是最难的。三个人试图合力完成这件事，其中一个女孩扶住她，另一个女孩托住她的脖子，将它向后推，另一个女孩张开双臂等待着，却什么也没做，就好像她的任务就是保持警惕，在任务失败的时候及时采取恰当的行动，从而避免灾难发生似的。这根本是不可能完成的任务。在通向按摩房的楼梯上休息的米蜜给她的员工们下达了明确的指令，徒劳无果。她对员工发了通火，亲自动手，还是没用。最后她们拿了个脸盆，用一个烧水壶往前浇水，她们不得不往烧水壶里加了一次水，在每股水流的间歇，埃莱娜深深地呼吸着，直到多余的染发剂被冲尽，直到她看到的只有一股股清澈的水流，掉落在她膝盖上方的脸盆里。我累了，改天再继续吧，埃莱娜提议，不行，不行，不行，米蜜说，别让我没办法和我未来的儿媳交代。她撒谎了，埃莱娜知道，因为她根本不在乎她的女儿，里塔让我给您做全套，在变得焕然一新之前，您可不能离开这里，焕然一新，埃莱娜重复道，您想在按摩房的小床上休息一会儿吗？不用了，谢谢，您看，这个女孩可以帮您放松放松肌肉，我说了不用。米蜜觉得被冒犯了，又一次扯着她的胳膊去了大厅，给她梳头，静静地梳通打结的地方，在埃莱娜对她的冒犯被消解在上百次的梳理中后，她才开口说，您想想，等到我们做了祖母，埃莱娜仍然不相信她说的话，这个女人最不愿意做的事就是把她的儿子交给里塔，再让他们给她生个孙子，里塔四十四岁了，埃莱娜指出，所以呢？米蜜反问道，所以我觉得我们已经不太可能做祖母了，呸，别说这种话，埃莱娜，您没在新闻上看到那个六十五岁的女人吗？我都快六十五岁了，就差一岁半，但是，话说到一半她又停了下来，一阵寂静过后，她又重复了一遍之前的话，我都快六十五岁了，这个时候，无论是米蜜还是其他人都不敢再说一句话，她们都被这个与埃莱娜的外貌不符的年龄惊到了。她们开始聊别的话题，埃莱娜没再听下去。显而易见，虽然那个分娩的女人与她年纪相仿，身体状况却大不相同。一个得了帕金森的女人能够生孩子吗？她问自己，一具佝偻的身体中有能够容纳一个胎儿的空间吗？她有力气娩出胎儿吗？她有能力给孩子喂奶吗？她必须每日服用的药物会对胎儿有害吗？她问自己，在她生里塔的时候，这婊子样的臭病是不是就潜伏在她的身体里，只不过她不知道而已，就像一颗种子，期待着能够落入一片肥沃的土地，开枝散叶。她把她的病想象成自己的身体分娩出来的孩子。她问自己她的女儿身体里是不是也携带着另一颗种子，问自己未来的某一天，这颗种子会不会在她女儿的身体里开枝散叶，她的女儿是不是也会遭受她所遭受的一切。一个无关紧要的问题，因为，尽管埃莱娜不知道这个问题的答案，但是在那个下午之后，已经没有任何种子能在她女儿的身体里生根发芽了。

唇部脱毛是最简单的，给她脱毛的女孩拿着涂满热蜡的棒子，在埃莱娜面前弯下腰，把戴着手套的手放在埃莱娜的前额上，把她的头向上提，同时用右手把蜡涂在她的小胡子上，像揉面一样旋转着木棒。她的头没有因为上仰而感到任何疼痛，但一些顽强的小胡子却让她感觉到了揪心的痛，更糟糕的是，那个女孩还执意要用脱毛的镊子——将它们消灭，没必要那么关注细节，孩子。手部和脚部的护理是米蜜亲自给她做的。埃莱娜仔细地观察着她，多亏那个给她脱毛的女孩将她调整到了一个合适的姿势，此刻她才得以观察蹲伏在她面前、几乎与她处在同一高度的米蜜。这个女人不想让我的女儿嫁给她的儿子，就像我也不想一样，她想，其实我们挺像的，她默默笑了起来，设想着要是她鼓起勇气，大声对米蜜说出这句话，说其实她和米蜜很像，后者会有什么样的反应。

在米蜜把她的双脚放入热水中的时候，里塔可能已经吊死在教堂的钟楼上了。美发店的老板抓挠着她的老茧，她的助手修剪并梳理着她的头发，其他人为她修剪着脚指甲，那个下午就这样过去了，请您原谅，埃莱娜，我们也没办法，我们必须这么做。一切都完成后，她们帮着她站了起来，仍然是三个人一起。您应该来得更勤一些，米蜜对她说，您的脚简直是场灾难，后跟都已经这样了，您是怎么穿上凉鞋的？我自己穿的，她回答道，有时候里塔会帮我穿，在实在没办法的时候，就算是这样，您每天晚上也得涂护足霜，埃莱娜，它能够软化老茧。虽然埃莱娜没有表现出任何继续讨论与她的脚跟相关的话题的欲望，米蜜仍然坚持道，我会让罗贝托给您送一支金盏花护足霜来。她会因为衰老而死去，埃莱娜想，她并没有做好准备，在她那张每天不得不完成的、无尽的任务列表中再加上一项：走路、吃饭、上厕所、上床睡觉、起床、坐在凳子上、站起来、吞下一颗永远没法到达小舌的药片，因为她没法仰起头来，用吸管喝水，呼吸。不，她是绝对不会在脚跟上涂什么金盏花霜的。

埃莱娜做好准备后，米蜜带着她走到一面全身镜前，停了下来。看看自己，埃莱娜，她说，您简直像变了一个人。为了不让她扫兴，埃莱娜努力地将头转向一侧，试图用余光注视镜中的自己。就在这时，一绺头发恰好垂到了她的眼睛上，那个负责给她剪发的女孩时刻关注着自己的作品，她立马跑了过来，用一个夹子夹住垂下的头发，还往上面喷了些定型喷雾。埃莱娜还是能够看见一些镜中的画面的，至少能够将自己的身体与她身边那个女人的做个对比，那个其实和她很像的女人，只比她小了一两岁。您觉得怎么样，埃莱娜？老了。

7

　　出租车按照埃莱娜的指示，在奥列罗斯街拐了弯，再往前开两个街区，两个或者三个，我不太记得了，她进一步说明道，司机查看了路况后，沿着街道那侧向右拐，如果您看到一扇上面的五金是铜质的木门，请告诉我，埃莱娜说，她仍然斜倚在出租车后座上，目光牢牢地锁定车顶，没有其他标志物了吗，女士？还有一家医疗机构，或者诊所，她补充道，我给您一家家报过来：蔬菜水果店，房产中介，公寓楼，墨西哥餐馆，就好像在我们这样的地方还需要外国食物似的，司机抱怨道，随后他又继续道，一家二十四小时便利店，一家酒吧，这个街区已经到头了，没有医疗机构，铜制五金呢？埃莱娜问道，您等等，让我看看，嘿，先生，这附近有医疗机构吗？医疗机构？司机问的那个人重复道，据我所知这附近没

有，何塞·埃尔南德斯街上倒是有一家疗养院，不不，是在这个街区，或者下一个，出租车司机坚持道，没有，这附近没有，那铜制五金呢？埃莱娜问道，司机和那个人都没有回答她的问题，相反，那个人对着另一个人大喊道，玛丽亚，这个街区或者下一个街区有医疗机构吗？或者诊所，出租车司机补充道，几年前这里倒是有一家诊所，一个女人的声音响了起来，不对吧，玛丽亚，这儿什么时候有过诊所了？在你来这儿之前，但我十年前就来这儿了，那大概是在十一年前吧，在哪儿？就在那家墨西哥餐厅那儿，您没看见吗！他们拆除诊所，就是为了开那家卖连狗屎都不如的食物的餐厅，司机抱怨道，那个声音回应道，他们说，如果边上的人不愿意出让他们的房产，就告诉他们，他们会在那儿建造一座塔楼，就像在停车场造的那样，您知道我们得把那么多车停放在哪儿吗？出租车在墨西哥餐厅门口停了下来，停进了黄线标记的禁停区。餐厅边上有一扇之前被忽略了的木门，上面的五金是铜制的。您得搀我一把，帮我下车，埃莱娜说。司机回过头来看了一眼，伸出其中一只手臂，但他立马就意识到单凭这样是不够的。他打开车门，下了车，大声喘了口气。他绕着出租车走到另一侧，却又停了下来，走回到驾驶室的车门边，拔下车钥匙，看看这样他们还能不能偷我的东西。他打开埃莱娜那侧的车门，向她伸出一只手，埃莱娜紧紧抓住它，但他没有发力，而是等着她发力。请您拉我一把，埃莱娜说，与此同时，她还用胳膊比画了一下，以便司机能够更好地理解他到底应该做些什么。司机明白了，用力一拉。她站了起来，身体摇晃着，只能借助前倾的头枕保持身体的平衡，司机用另一只手把头枕放回到原来的位置，把埃莱娜扶到了人行道上。站稳后，埃莱娜打开包问道，我得付您多少钱？出租车司机弯下腰，通过车窗看了看车里的计价器显示的金额，说，二十二块五。埃莱娜打开包，搜寻着，摸出一张二十块和两张两块，不用找了，她说，谢谢，司机对她说，之后，他又问道，那我走了？好的，当然了，您已经把我送到了，埃莱娜回答道，她的双脚依然牢牢踩在司机扶她下车时她站立的那块花砖上。司机再一次绕过车前，坐回到驾驶位上。在埃莱娜迈出她的第一步，离开那块花砖之前，司机就会再次发动车子，忘记她的存在。埃莱娜没有看着他离开，但她能够想象那幅画面，司机哼唱着另一首博莱罗舞曲，或者与收音机里的主持人互动着，抱怨、咒骂着，与此同时，还暴躁地按着喇叭，因为在他前面行驶的那辆车慢吞吞的，害他在下个路口吃了红灯。

埃莱娜向那家墨西哥餐厅走去，随后，她拐了个弯，扶着墙，朝她搭乘出租车来时的方向走去，拖着她的双脚，艰难地向前走着。被太阳晒热的砖墙刮破了她的手臂，但她根本不在意，因为她到了，因为她要去的地方就在那里。在属于餐厅的砖墙的尽头，出现了一扇木门的铰链，再过去几步，就是一把弹子锁^①，还有散发出光泽的铜制五金。埃莱娜又往前走了几步，便看到了它们，她轻抚着它们，就好像在擦拭它们一样，她握住悬挂在上面的金属环，攥紧拳头，因为它们就是她正在寻找的东西，它们就是那天下午伊莎贝尔紧紧抓住的东西，那天下午，她乞求着，恳请着，别让我进去，埃莱娜在心底默默地感激着，感激二十年来没有人决定要把它们换掉，因为就是凭借这个，凭借它们，埃莱娜知道，她才能抵达这个地方，而这天早上她坐上十点钟的火车，就是为了找寻这个地方。

---

① 亦称弹珠锁、珠锁、锁簧锁或销栓锁，是一种最常见的锁具结构。原理是使用多个不同高度的圆柱形零件（称为锁簧、弹子或珠），锁住锁芯。当放入正确的钥匙，各锁簧被推至相同的高度，锁芯便被放开。

III

下午
（第四颗药片）

1

埃莱娜是在二十年前认识伊莎贝尔的，就在里塔把她拖进家门的那天。那天很冷，她正坐在壁炉边编织，一口装着热水和橙子皮的小锅散发出来的香气弥漫着整间屋子。门猛地开了，就好像里塔刚端了它一脚似的，而她的双手正忙着对付那个她带来的女人。她进来的时候背对着门，先是她进来了，然后是那个女人，那个她抓着的女人。这个女人是谁？埃莱娜问，我不知道，她的女儿回答道，你怎么会不知道呢，女儿？她不舒服，妈妈，里塔说，说着，她推着那个女人进了她的房间，让她躺在床上。那个女人一直在哭，时不时地还会失去意识。拿个脸盆或者水桶来，妈妈。埃莱娜按照她的要求做了，里塔把水桶放在地上，放在那个女人的脸旁，这是为了防止她再吐，里塔说。之后，她走到床边，关上小木窗，打开房间的灯。我要叫个医生来吗？埃莱娜问，里塔并没有回答，而是走回到那个女人身边，把她包里的东西一股脑儿地倒了出来，在其中翻找着。你在干什么？找东西，什么东西？某个电话号码，或者地址，你为什么不直接问她？因为她没法回答，妈妈，你没意识到她现在根本没法回答吗？她在哭，埃莱娜说，没错，现在她在哭。一支口红从床上滚落，里塔在它掉到地上之前接住了它，除此之外，从包里倒出来的东西还有一盒地西泮片①，一个钱包，几张纸片，两个信封以及一些零钱。埃莱娜凑近了一些，那个时候，二十年前，她还是自己身体的主人，不用拖着双腿，也不用低垂着头。女人用枕头盖住自己的脸，不住地哭泣着。埃莱娜又开口问道，这个女人是谁？为什么你回来了？这次她的女儿给了她答案。里塔是在去教区学校的路上遇到她的，像往常一样，回家和她的母亲一起吃了午餐后，为了完成她的工作，及时打响标志下午课程开始的铃声，她急匆匆地赶回学校，但她并没有做到这一点，因为她在对面的人行便道上，就是那条她不愿意走，也不让埃莱娜走的人行便道，那条方砖铺成棋盘图案的人行便道，看到了伊莎贝尔。那时伊莎贝尔手扶一棵树，弯着腰，正在呕吐。里塔感到一阵恶心，便加快步伐，试图不去看她。这幅画面让她觉得反胃，但是渐渐地，反胃的感觉消失了，取而代之的是另一种东

---

① 一种苯二氮卓类抗焦虑药，具有抗焦虑、镇静、催眠、抗惊厥、抗癫痫及中枢性肌肉松弛作用。

西，她也不知道那到底是什么，那种东西使得她停下脚步，某种召唤，妈妈，是某种召唤，我得管管这事，她怀孕了，我对自己说，我必须管管这事，我转了个身，走了回去，试图帮助她，但我并没有踏上那条人行便道，不用了，谢谢，我不需要帮忙，她在呕吐的间歇对我说，我对她说，在她当时的那种状态下，根本不能再迈出哪怕只是一步，她仍然坚持自己不需要帮助，说自己已经快到了。她手里拿着一张写着地址和名字的纸，你知道上面写的是谁的名字的，奥尔加。这个时候，里塔告诉她不要，不要什么，不要这么做，你会后悔的，你知道什么，所有去那里的人都会后悔，你知道什么，我都知道，你千万别进去，这可是致命的罪过，我不信上帝，想想你的孩子，我没有孩子，你马上就会有了，不，你的肚子里孕育着一个生命，我没有，等你听到它的心跳，你就会爱上它，你知道什么，别杀死它，你能做到的，别把你的孩子打掉，根本没有什么孩子，当然有，要有孩子，先得有母亲，你已经是母亲了，我不想成为母亲，这个女人告诉我她不想成为母亲，妈妈，你能相信吗？但是我对她说，这不是你的决定，那是谁的？她竟然敢这么问，妈妈，于是我对她大喊，你肚子里有个孩子，我肚子里什么都没有，她坚持这么说，但我也没有片刻迟疑，便对她说，它的心在跳，她说，没有什么孩子，也没有什么母亲，别杀死它，闭嘴，你会永远活在内疚中的，如果不是这样的话，我又能怎么活呢？没有人会忘记做过的事，没有人能够强迫任何人成为母亲，你应该事先就考虑好的，我一直在考虑，我从来不想成为母亲，但你已经是了，不，我不是，每天晚上你都会听到一个孩子的哭泣，你知道什么，那些被流掉的胎儿会在你的头脑里哭泣，我才是那个在我头脑里哭泣的人，别杀死一个无辜的生命，我也是无辜的。女人用手捂住嘴，又一次呕吐起来，里塔站在距她半米左右的地方，看到了她无名指上的婚戒。你结婚了，对，有个爸爸，妈妈，你注意到了吗？那他怎么说，我问她，他说什么对我来说一点都不重要，他有发言的权利，他是孩子的爸爸，还是说他并不是孩子的爸爸？你别管了，要是他知道会杀了你的，他已经杀了我了，你不能做违背上帝旨意的事，我根本不理解他的旨意，上帝知道这点，你不需要理解，只需要相信，我不想再背负肚子里的这个东西，你不能这么称呼它，我对她说，给你的孩子起个名字，她还在反驳我，妈妈，又重复了一遍那套她肚子里的不是她的孩子，要有孩子就先得有母亲的说辞，说她肚子里什么也没有，说到这里，她又变得激动起来，又吐了一次，她晕得厉害，于是我突然有了主意，我对她说，会有母亲的，便在没有得到她允许的情况下自作主张，利用她眩晕的机会拽住她的胳膊，把她带了回来。这不难，那个女人已经没力气了，而里塔有的是力气，压倒性的力气。那天下午，里塔，一个既不是母亲也永远不会成为母亲的女人，强迫另一个女人成为了母亲，将她学会的教义强加到了另一个人的身上。

从伊莎贝尔包里倒出来的那堆东西里有两个信封，一封来自确认她怀孕的医学检验实验室，另一封则是她的电费账单，上面写着她的名字，伊莎贝尔·古埃尔特·德曼西利亚，还有一个地址，独立战争士兵大道。看到那个地址后，里塔又重新浏览了一遍。她第一次知道还有叫这种名字的街道，你听说过一条叫独立战争士兵大道的街道吗，妈妈？埃莱娜也没有听说过。她们知道的街道都是以伟人、国家或者战役命名的，在她们的印象里，根本不存在这种以不具名的个体所做的事，或曾做过的事命名的街道。呕吐的女人街道。阻止一次流产的女人街道。注视着阻止了呕吐的女人去流产的女人的女人街道。独立战争士兵街道。什么士兵？什么独立战争？她叫了一辆出租车，这可不是一件容易的事，二十年前，出租车可不像今天这样比比皆是，人们从事着其他工作，要是失业了，就再找另外的工作。她用钥匙锁上房间的门，把那个女人关在里面，把衣服换了，妈妈，她对埃莱娜说，之后便走了出去。埃莱娜凑近房门，听着里面的动静，但她什么也没听到，要是听到里面再一次传来哭声，她可能会走进去，但是并没有，于是她便遵照女儿的指示去换衣服了，她可不想加剧女儿的怒气。里塔去了车站，二十年前只有那里才有出租车停靠站，她在那里叫到了一辆车，让司机开到家门口。她走下车，把那个女人从她的房间里扶了出来，过来帮我，妈妈，她对埃莱娜说，于是，埃莱娜便走上前去帮忙。她把那个写着地址的信封从开着的车窗里递给了司机，告诉他这就是她们的目的地，接着，她把伊莎贝尔搋进后座，又让埃莱娜也上了车。之后，她绕到车的另一边，坐了上去，说，免得她跳车，伤了自己，也伤了肚子里的孩子。

三个女人都坐上后座后，车子起动了。她们路过了那个不久之前伊莎贝尔和里塔相遇的地方，奥尔加家门前的人行便道，奥尔加，那个助产士，堕胎士，妈妈，就是那里，花砖拼接成黑白棋盘形状的那里。我没有孩子，那个女人再次喃喃道，她坐在她们两人中间，不住地哭泣着，两个拳头攥得紧紧的，当她松开拳头时，埃莱娜清楚地看到，手掌上留下了指甲掐进肉里造成的印记。

我没有孩子，路上她又重复了好多次。不过无论是里塔还是埃莱娜都没有继续听。

2

　　把胳膊举过低垂的头顶，按下那间房子的门铃。等待。一个人通过门上的猫眼向外看，埃莱娜并不知道这点，向外看的那个人也没能看到她，因为她实在太矮了，佝偻着背，目光紧紧锁定自己的鞋。钥匙在锁眼里旋转，门开了，只开到了锁链允许的程度，您有什么事？一个女声在半开的门后响起，我找伊莎贝尔·曼西利亚，埃莱娜回答，我就是，我是埃莱娜，里塔的妈妈，就是那个在二十年前，埃莱娜没能说完她的话，因为听到这里，伊莎贝尔就解下锁链，打开门，请她进去了。她知道伊莎贝尔正看着她，她也知道此刻她并不是在思索她来这里的目的，而是在猜测为什么她拖着脚步，为什么她不抬起头，为什么她要用一块皱巴巴、湿答答的手帕擦拭嘴角的口水。我有帕金森，没等她提问，她便主动说，我不知道，伊莎

贝尔说，我们认识的时候还没有，可能已经有了，不过那个时候我还没意识到，埃莱娜说，在走向伊莎贝尔为她拉开的扶手椅时，她问自己，为什么她刚才说自己"有"帕金森，实际上她从未拥有过它，她这辈子最不想做的事就是拥有**她**。她得了帕金森，忍受它，咒骂它，但她从未拥有过它，拥有意味着渴望得到某样东西，渴望长期持有某样东西，而她并没有这种渴望，这是确凿无疑的。伊莎贝尔扶她坐下，您想喝点凉的吗？还是喝杯热茶？热茶吧，但我需要一根吸管，有麦秆吸管的话就更好了。伊莎贝尔走向厨房。埃莱娜用余光观察着周围。房子里的家具都充满着设计感，上面包裹着英国产的戈白林花毡，它们的腿足呈曲线型，从底部看起来就像绵羊或者小羊羔的蹄子。要是我懂点儿家具，埃莱娜想，就能说出这些家具是谁的作品。只要它们确实出自某个设计师之手。但她不懂，不过这不重要。一张圆几上放置着一个花瓶和几本书，一些她从未去过的城市的旅行手册。壁炉上只放着两个相框。埃莱娜扭过头去，努力将视线上移，试图看清相框里的照片。其中一个相框里放着伊莎贝尔、她的丈夫以及她的女儿的合影。和里塔每年十二月收到的、作为年末问候的照片类似，这个传统已经保持了十八年，十九年或者二十年了，具体的数字埃莱娜已经记不清了。不对，应该不是二十年，因为二十年前她们才把伊莎贝尔送回到这间房子里。里塔把这些贺年照片按时间顺序保存在一个档案盒里，从最老的到最新的，她不需要把照片反转过来，借助背后的日期判断拍摄的时间，因为照片里的女孩一年年长大，而她身边的父母，他们的脸在某种程度上也应和着女儿的成长。一家三口总是在微笑，画面中间的男人环抱着两个对他来说最重要的女人。每年的卡片都是曼西利亚医生亲自写的，感谢您赐予我们这样的微笑，永远感激您的马科斯·曼西利亚医生一家，然后是当年的日期。或许里塔档案盒中的某一张就是壁炉上闪着光的那张照片的副本。等回到家，等到这天下午结束，在经历了一天的奔波之后，埃莱娜就能确认这一点。粉色衬衫和两根辫子，她马上就能确认。另一个相框装的是她女儿的照片，穿着同样的衬衫，梳着同样的辫子，但与她合影的是另一个男人。另一个男人，这应该不是她的丈夫，埃莱娜想，因为照片里的女儿看上去还小，但那个男人已经上年纪了，看上去和曼西利亚医生年龄相仿，或许就是同一个男人，埃莱娜更正道，要是现如今，但是埃莱娜不得不中断自己的推理，因为就在这个时候，伊莎贝尔拿着茶杯、茶壶、吸管和麦秆吸管回来了。我把两种吸管都拿来了，您可以自己挑选，埃莱娜选了麦秆吸管，她拿起吃布丁用的小刀，把吸管切短了一些，把它折弯，又用刀刃磨了磨，短点就更好了，她说，用吸管吸了口茶。

两个人都等着对方先开口。您想吃布丁吗？伊莎贝尔问，是我自己做的，香蕉布丁，不了，谢谢，几岁了？谁？您的女儿。胡列塔？伊莎贝尔看了看相框里的照片，说，十九岁，三个月前她刚满十九岁，三个月前里塔死了，埃莱娜说，伊莎贝尔的腿一下子软了，我不知道，她说，所以我才来找你，所以我才来的，埃莱娜说。伊莎贝尔一言不发地看着某个地方，不是看她，她看的不是她们所处空间中的某个地方，而是时间，某个埃莱娜无法看到的地方，因为那是她未曾了解过的，尽管她也曾在那里。屋子里的寂静使埃莱娜觉得应该补充一些细节，她是吊死的，在教堂的钟楼上，在距离我们家两个街区的地方。伊莎贝尔感到眩晕，她紧紧地抓住扶手椅的边沿，埃莱娜没注意到这点，她所坐的位置使她没法看到发生在伊莎贝尔胸部以上的细微动作，她只能从面前女人的双脚推断出她正准备站起来，我去倒杯水，伊莎贝尔向她致以歉意，离开了房间。

埃莱娜一个人在房间里待了十几分钟，她试图从扶手椅上起来，但是左旋多巴又一次开始急速减少，使她失去了自主运动的能力。然而，药效还没有全部消失，尽管埃莱娜知道她的时间和他人的时间不能以同一种方式计量，她还是看了看表，一个多小时后她才能服用下一颗药片，因此伊莎贝尔最好能耽搁久一些，她想，因为她的时间，她那无法用时针计量的时间已经开始流逝了，就像在指间流逝的沙子，就像滴落的水，除此之外，埃莱娜知道，没有人能够把她从这张扶手椅上搀起来，直到她吞下下一颗药片。伊莎贝尔并没有把门完全关上，这时，一只暹罗猫从门缝里钻了进来，走向埃莱娜所坐的扶手椅。它纵身一跃，跳到了椅子上，从这儿下去，谁给了你蜡烛，让你来葬礼上表示哀悼，她对它说，将它推向一侧。小猫并没有掉下去，而是走到了椅子的靠背上，在她低垂的脖子后方漫步，猫毛拂过她后颈的皮肤，使她汗毛直立。后颈、手臂的汗毛都竖了起来。接着，小猫从椅背上跳下来，鼓足勇气，慢慢地凑近了她，用头磨蹭她的双手，不停地拱着，表达它的请求，要是你想让我摸你，你还是死了这条心吧，她对它说，小猫似乎听懂了她的话，但它依然不愿放弃，继续请求着，喵喵地叫着，又一次磨蹭她的双手，于是埃莱娜再一次向它申明，也向自己申明，她是不会摸它的，自打结婚起，她就再也没摸过任何一只猫，她的丈夫不允许里塔养猫，有一天，他发现里塔床底下有个盒子，盒子里有只猫，里塔一直偷偷地用滴管给它喂牛奶，不行，里塔，猫脏得很，地上有什么它们都要舔，然后又会用舌头舔你，它还那么小，爸爸，它还不会舔呢，它马上就会长大，那时它就会变得和所有的猫一样令人恶心，我很喜欢小猫，爸爸。但是父亲只愿意谈论疥疮、钱癣、真菌感染，还有那些让小孩变瞎或者变傻的疾病，这还不够，他又一次说起了猫舔地上的脏东西，然后又舔自己，这时里塔开口了，够了，爸爸，从此之后，她再也不喜欢猫了。过了一段时间，连她自己也会说，猫脏得很，它们舔了地上的唾液，又用沾了唾液的舌头舔自己。埃莱娜不知道她是不是和里塔一样不再喜欢猫了，或者说，她可能从来都不喜欢它们，又或者说，她到现在依然喜欢它们。她只知道她家永远不可能进猫，因为她的丈夫就是这么规定的，再后来，里塔继续执行着这个禁令，所以她根本没有机会摸猫。但是此刻她所在的地方并不是她的家，伊莎贝尔的猫坚持着，用它的爪子挠埃莱娜的腿，钻进她两腿之间的缝隙，在被压缩到几乎不存在的空间内来回踱步。要是里塔看到我，她想，埃莱娜知道要是里塔看到她会说些什么，她熟悉里塔的说教，她很想再听她说说话，哪怕是责备，哪怕她会生气，会辱骂她，她还是想听她说话。她宁愿里塔辱骂她，也不想失去她，但她知道她的想法没有任何意义，因为死亡已经剥夺了她选择的权利。她的女儿已经死了。小猫又一次跳进了她的怀抱，在她的大腿上来回走着，坚持不懈地画着圈儿，它在它那双蓝色的眼睛后的某个地方注视着她，埃莱娜终于知道她该做些什么了。她知道最后她会妥协，用手抚摸它。她会满足它的愿望，这样它就不会继续乞求，不会再打扰她，这样它就会从她身边走开，她伸出右手，那只更听她话的手，摸了摸小猫的头，小猫扭动着身体，看起来你很喜欢，她对它说，同时在心里想，或许她自己也很喜欢。要是她可以的话。要是她脑海中没有浮现出她丈夫和女儿的话，猫脏得很，要是她聋了，就像她的双脚一样，她就可以，或许，享受此刻的抚摸，享受小猫轻轻的抓挠，要是我可以的话，要是她允许自己喜欢上它，但她不允许，猫脏得很，它们会舔自己的口水，她的丈夫对她死去的女儿说，她的女儿又这么和她说，而她静静地听着，就好像他们就在那里一样，死去的人对她说话，指责她，生她的气，于是，埃莱娜开始轰猫，她不想继续听下去了。

小猫并没有走开，她挥了挥手，说，走开，猫咪，走开，但仅仅这样是不够的。小猫瞟了她一眼，便又躺下了，因为它可听不到那些正在指责埃莱娜的声音，它根本不怕。小猫躺在她的膝头，那一块区域变得温暖起来，小猫在她身上睡着了，而她，此刻她已经不觉得愧疚了，因为不管情不情愿，她已经遵照女儿和丈夫的指示，试图把小猫赶跑，尽管没有成功，但就这样吧。

耽搁了这么久，真是抱歉，伊莎贝尔说着，在她面前坐下。猫会妨碍到您吗？她问。埃莱娜说不会，猫没有妨碍到她，话音刚落，就在她明确表示她接受了小猫的同时，小猫醒了过来，从她的膝头跳到地上，离开了她，离开了她温热的膝头，很快上面残存的温度便消失了。伊莎贝尔化了妆，尽管埃莱娜没有注意到这点，但她打了腮红，涂了口红，我去喝水了，她说，毫无疑问，她还吃了点别的东西，或许是一颗镇定剂，因为她的动作慢了下来，她面带微笑，注视着埃莱娜，就像十分钟前她并没有告诉她里塔吊死在教堂的钟楼一样。那您来是为了什么事呢？伊莎贝尔边问边切下一块她并不打算吃的布丁。您来是为了什么？于是，埃莱娜开启了她的讲述，从一个警察敲开她家的门，告诉她里塔死了的那天下午开始。在警察开口之前，埃莱娜就知道一定发生了什么糟糕的事，要是警察敲开了谁家的门，那就是一个再糟糕不过的信号，埃莱娜说，伊莎贝尔点点头，表示认同。那时我穿戴整齐，在家里等她，换了新发型，染了头发，还脱了唇毛，里塔帮我在美发店里预约了这些服务，虽然我不想去，但既然去了，我还是想把成果展示给她，让她满意，让她知道那天晚上，在她来我的床边扶我躺下的时候，她不会再看到我嘴上那让她厌恶的汗毛，也不会看到乱糟糟的白色发根。可是里塔没能看到这些，没能看到我，她说道。但埃莱娜看到了她的女儿。他们带她去了警察局，让她辨认尸体，去太平间的路上他们告诉我，您的女儿吊死在了教堂的钟楼上，夫人，不可能，我说。她脖子上还留有麻绳的痕迹，皮肤是青紫色的，被粗糙的麻绳勒出道道斑痕，她的眼睛向外凸，舌头也挂在外面，脸肿胀着。有股粪便的味道，您知道的，根据法医的说法，要是她运气好的话，颈椎断裂，即刻就会死亡，但是她的椎骨完好无损，这说明她是在一段时间之后窒息而死的，窒息而死的人会出现抽搐和大小便失禁的现象，我不知道这些，当然了，谁会知道这样的事呢。埃莱娜含住吸管，吸了一口，茶通过吸管进入到她的嘴里，她又吸了两口，才继续开口，重复道，粪便的味道，这就是我女儿最后留下的味道。伊莎贝尔几乎一动不动地挺坐在椅子上，看着她，等她继续说下去。他们说她是自杀的，但我知道不是，埃莱娜说，您怎么知道？伊莎贝尔问，因为我是她的母亲，那天下雨，我的女儿从不在下雨天靠近教堂，您理解了吗？伊莎贝尔不确定自己到底是否理解了埃莱娜试图传递给她的信息，于是她看着她，决定随便找个问题填补当下的沉默，通过这个方式避免正面回答她的问题，您想把茶杯放在茶几上吗？不，杯子里还有些水，埃莱娜回应道，伊莎贝尔又说，但里面的水应该已经凉了吧，我给您倒点儿更热的？不用。伊莎贝尔给自己倒了杯茶，双手捂住茶杯，摇晃着杯子里的水，看它们在容器内摇曳着，然后，她低头喝了一口。我坚持要求他们追踪所有可能的线索，埃莱娜说，我给阿维亚内达探长写了一张嫌疑人名单，阿维亚内达探长是专门负责这个案子的，但是名单上的人在我女儿死的时候都有不在场证明，现在我已经不知道还能把谁加到这张名单里了，他们让我放弃，连阿维亚内达探长都这么说，但是我告诉自己不可以，如果杀她的人不在名单上，肯定是因为我不认识这个人，如果我不认识这个人，嫌疑人的范围就扩大了，可能是任何一个人，如果凶手可能是任何人，调查就会变得更加困难，我需要行动起来，采访不同的人，寻找证据、可能的犯罪动机、日期、数据、迹象。埃莱娜用手帕擦了擦嘴边的口水，眼神迷离地看向摆在她前方的茶几的腿足，她觉得喘不上气，她已经很久没说过这么多话了，伊莎贝尔等待着，给予她需要的时间，没有催促，没有打破她的沉默和呼吸。过了一会儿，埃莱娜才得以继续未竟的对话，说，为了应对之后出现的一切，我需要一具不属于我的身体，我的身体只能勉强把我带到这里，这还是今天，我不知道明天它是否能做到这点，它已经不能再做更多的事了，我得了帕金森，您知道吗？对，我知道，您刚才已经告诉我了，伊莎贝尔解释道，我已经无法控制我的身体了，现在发号施令的是**她**，这婊子样的臭病，请您原谅我说了脏话。伊莎贝尔不怪她，但没必要把这说出来，于是她又问了一遍，您来是为了什么？埃莱娜回答，我来清算一笔债务。来清算一笔债务，伊莎贝尔重复道，凝视着埃莱娜，我就知道。她微笑起来，有点紧张，用双手捧住脸，摇晃着脑袋，似乎是想确认发生的一切并不是一场梦。我就知道您或者您的女儿总有一天会来的，她说，埃莱娜紧接着问，那您会帮我吗？伊莎贝尔没想到埃莱娜会问这个问题，我不理解，她说，埃莱娜试图解释，您打算清算这笔债务吗？伊莎贝尔站了起来，漫无目的地向前走了几步，回过头来看着埃莱娜，您说的债务指的是什么，埃莱娜？您知道的，埃莱娜回答，不，我不知道，伊莎贝尔说。于是埃莱娜进一步解释道，或许您想要帮我，因为二十年前我的女儿在不认识您的情况下向您伸出援手，救了您，那是某种召唤，妈妈，或许您觉得有所亏欠，想要偿还这桩恩情，而我虽然不是个喜欢索取的人，却能从您的歉疚之情中获益，寻得我缺失的东西，一具身体，能够帮到我的身体。埃莱娜停了下来，她已经说出了想说的话，此时她正等待着一个回答，尽管她并没有提出什么问题，但伊莎贝尔什么也没说，两个女人就这样保持着沉默，直到埃莱娜觉得不自在，便继续说道，多亏了我的女儿，您才有了您的女儿，您组建了家庭，每年在庆祝新年到来之际，您都能拥抱您的家人，就像您给我们寄的照片中显示的那样，您的故事有了一个美满的结局，但我失去了所有能够拥抱的人，虽然在里塔还活着的时候我也很少抱她，但现在就算我想抱她也抱不到了，因为她已经死了，因为她的身体已经被长埋地下，因为我们都来自尘土，也会化归尘土，就像我的丈夫常说的那样，而这让我感到痛苦。这让我很痛苦，她又说，但**她**控制了她的舌头，她吐出的字变得断断续续，变成了紧凑却无意义的音节，另一个女人根本无法成功地破译它们。伊莎贝尔又给自己倒了一杯茶，喝了一口，看着埃莱娜，但她并没有开口，她决定暂时不发表任何意见，只充当一个聆听者。小猫又回到了埃莱娜蜷缩其上的扶手椅上，沿着椅背踱着步，伊莎贝尔看着它来回走动，并没有转动脑袋，只是用目光追随着它，她凭直觉感知到面前这个弓着腰、说着话的女人受到了小猫的搅扰，但她并没有干涉其中，也没有把小猫拎下来，这次她甚至没问埃莱娜小猫是否妨碍到她了，只是静静地看着它，看看小猫，又看看埃莱娜，看看这个二十年后敲开她家门、说是来清算债务的人，她也记得二十年前的那笔债，但她们说的并不是同一件事，对到底谁应该偿还债务，她们显然没有达成共识。伊莎贝尔把茶杯放在茶几上，又看了看埃莱娜，只不过这次她用了一种不同的方式。她看了看她低垂的头，前倾的身体，还有弯曲的脊背。看了看她放在膝头、紧紧抓着一块被口水浸透的手帕的双手，看了看她倒向左侧的身体。看了看她沾满污泥的鞋子，看了看她皱巴巴的裙子，这一切她都看到了，但是她还是开口了，埃莱娜，我不能帮您，她平静地说，就好像她这一生都在等待这一刻，就好像她清楚地了解自己即将说出的每一个字，我不能帮您，因为是我杀了您的女儿。埃莱娜睁大了双眼，她甚至不知道自己的眼睛还能睁那么大，她颤抖着，此刻让她颤抖的不是**她**，而是伊莎贝尔，这个她早上出门寻找的人，这个正在她面前，说着是我杀了您的女儿的人。埃莱娜向这种她从未经历过的颤抖妥协了。我杀了她，我是那么渴望她的死亡，伊莎贝尔继续说，她觉得有必要把这件事解释清楚，我没有一天不在祈求上苍，祈求每一位神明，每一个魔术师，每一抹星辰，向它们祈求您女儿的死亡，她终于死了。埃莱娜吃力地呼吸着，比往常更多的口水从她的嘴角流了下来，就好像那是她的眼泪一样，她颤抖着，却没有哭泣。很抱歉，您是一位母亲，我尊重您的悲痛，但我并没有感觉到任何相似的情绪，我杀了她，但我永远不会被绳之以法，因为我用思想杀了她，我热切地渴望她的死亡，我杀了她，尽管这二十年来我再没有和她说过一句话，再没有见过她，我杀了她，尽管将绳索套上她的脖颈的另有其人，就像那个下午她杀了我一样，那个她遇见我，强行把我带到她家的下午，您还记得那个下午吗，埃莱娜？埃莱娜当然记得，否则此刻她也不会出现在这里。您把事情搞混了，伊莎贝尔，我不懂您在说什么，埃莱娜对她说，因为我们谈论的并不是同一笔债，埃莱娜，伊莎贝尔回答道，到底是谁亏欠了谁，对于这个问题，我们有不同的看法，那我们现在到底是在谈论什么呢，埃莱娜问，边问边用手帕擦了擦嘴，于是，这个问句的最后几个字不可避免地沾上了被抹去的口水。两个女人又沉默了一阵子，小猫从一个人脚下走到另一个人脚下。伊莎贝尔站了起来，打开了一盏小灯，埃莱娜知道，其实并没有这个必要。您认为我会对您的女儿心存感激，真是荒谬，二十年来您对那件事的看法与我的截然不同，真是荒谬，二十年来，我过着我的生活，您过着您的，我们编织着过去，编织着那一天，那个下午，就好像那时我们不处在同一个时空中一样，真是荒谬。荒谬，没错，埃莱娜说，里塔是个莽撞的人，曾是个莽撞的人，但正是因为我女儿的莽撞，您才得以拥有您的女儿，祸兮福之所倚，福兮祸之所伏，她说，伊莎贝尔打断了她，我从来没理解过这句话，埃莱娜，您指的福是什么？祸又是什么？在这种情况下，假设我们能够就此达成共识，那么，到底是福带来了祸，还是祸带来了福呢？您又把一切都搞混了，现在您让我也有点摸不着头脑了，您让我想想，埃莱娜对她说，我不想成为母亲，二十年后，伊莎贝尔再次说道，您觉得您不想，埃莱娜纠正道，我从来不想成为母亲，伊莎贝尔坚持道，您这么想，是因为您没有把孩子抱在怀里，但当您抱着她的时候，当您给她喂奶的时候，您就会，埃莱娜没能说完她的话，就被伊莎贝尔抢过了话头，我从来没给她喂过奶，因为我没有奶水，抱歉，埃莱娜说，您不用觉得抱歉，我不想成为母亲，但是别人想，我的丈夫，他的伙伴，您的女儿，还有您，九个月里我的身量慢慢变大，生下了胡列塔，是您们强迫一个不想成为母亲的人孕育了她，伊莎贝尔说，埃莱娜反驳道，但是现在您看得到她，现在她就在这里，住在这个家里，叫您妈妈，她不叫我妈妈，她叫我伊莎贝尔，她一直知道，根本不用告诉她，我做了一切能做的事，履行了我应该履行的职责，给她准备吃的，带她去学校，给她买衣服，为她庆祝生日，我甚至喜欢上了她，以一种古怪的方式，她是个好孩子，喜欢上她是一件很正常的事，但我一直没法把她看作我的女儿，她的父亲把她当作女儿，他一直是她的父亲，从某种程度上来说，也是她的母亲，那些照片都是他拍的，每年年底他都会把它们寄给里塔，他和他的伙伴，胡列塔的教父，他与他合伙开了一家诊所，还与他分享生活中的琐事，他们才是他的父母，而我是别的什么，某种无法命名的人，某个像她的朋友、邻居、室友或旅伴一样赏识她的人，这就是我们之间的关系，您明白吗？旅伴，但我从来不知道一个母亲该有什么样的感觉，因为我不是，一个母亲会有什么样的感觉，您能给我说说吗，埃莱娜？埃莱娜已经说不了话了，她颤抖着，前所未有地颤抖着，她不愿再听面前这个女人的话，左旋多巴，多巴胺，**她**，婊子，米特雷大街，五月二十五日街，莫雷诺街，班菲尔德，拉努斯，卢波街，赛马场，她重复着，混淆着，拼凑着那些她已经不记得了的名字，尽管如此，在祈祷的同时，在迷失中，伊莎贝尔的话依然进入到了她的耳中，我不是个母亲，就算别人再怎么逼我，都不是，如果二十年后，您终于能够理解我，那就再好不过了。她靠近壁炉，拿起那张她与她的丈夫，还有她的女儿的合照，递给埃莱娜，这就是我们，一张照片，一个为了向他人展示而定格下来的瞬间。埃莱娜看着那张熟悉的照片，试图理解，寻找着其中的漏洞，或许照片中伊莎贝尔的微笑并不意味着笑容通常意味的东西，或许她在胸前交叉的双手想要透露一些她无法理解的信息，她比另外两个人更迟缓的眼神或许想要表达一些什么，在快门按下后的一瞬间，她的目光才从另一个空间或另一个时间抵达，对上了镜头。埃莱娜把照片放在身边，放在扶手椅上，她试图站起来，却做不到，她想离开这个地方，回到自己家中，她没能在这里找到想要寻求的东西，她想沿着来时的路，奥列罗斯街，解放者大道，赛马场，但她做不到，她把那些路搞混了，她弄错了，她甚至连站都站不起来，她颤抖着。伊莎贝尔走近，问道，需要我帮您吗？没用的，埃莱娜回答道，我得等，那您就等吧，我不着急，伊莎贝尔说，埃莱娜接着说，那我们就不得不一起等待了。伊莎贝尔注视了她一会儿，说道，这好像就是我们这些年一直在做的事。两个女人再一次陷入了沉默。埃莱娜知道伊莎贝尔正在看她，她也知道她正在看什么，与此同时，她也盯着正在观察她的女人的小腿，上面布满了蛛网般蓝紫色的静脉。伊莎贝尔察觉到了她的目光，便将腿侧向一旁。您说一切都是不同的，不同在哪儿呢？埃莱娜问，什么是不同的？我看待那件事的方式和您不同的，您的女儿带我去了您家，要是当时我知道接下来会发生些什么，我是绝对不会去的。伊莎贝尔低下头，想与埃莱娜对视，但埃莱娜躲闪了，伊莎贝尔也没有强迫她，只是坐直了身子，继续说道，不可能，或许无论如何我还是会去。您把我搞糊涂了，埃莱娜再次重复道，与此同时，她转动着眼珠，从房间的一边看向另一边，寻找着她也不知道是什么的东西。伊莎贝尔在她对面的扶手椅上坐了下来，那天下午您的女儿告诉我，要是打掉了这个孩子，我的余生都能听见脑中一个婴儿的哭声，但是，她从来没有打过胎，她根本不懂，她只是在重复别人对她说过的话，这个别人可能是一个男人，也可能不是，可能只是一个自以为懂的人。我很希望能在您的女儿死前与她交谈一次，告诉她那天下午之后我每天都能在脑子里听到什么声音，从她在我呕吐的间隙把我拉到她家去的那天起。尽管埃莱娜十分困惑，但她还是努力地倾听着面前这个女人的话，一字一句地听着，全神贯注，绷着脸，试图理解那些在她看来有些模糊的话语，纵使这样，她也只能听到其中的一部分，要是她能听清，要是她能听到伊莎贝尔讲述的一切，她就会听到以下的话，我不知道打过胎的女人会有什么样的感觉，但我知道一个不想成为母亲的女人被迫成了母亲后，会有什么样的感觉，您知道吗，埃莱娜？她背负着没有奶水的罪责，那只向她伸出的小手，尽管她会握住它，但她清楚地知道自己根本不想碰它，她发现自己不会哄睡，不会盖被子，不会摇晃她的孩子，不知道该怎么温暖他，甚至不知道该怎么抚摸，还有不愿成为母亲给她带来的羞耻感，因为所有人，所有那些说自己懂的人，都宣称，只要是个女人，就想成为母亲。伊莎贝尔停了停，把掉落在前额的头发往后捋了捋，又用手擦了擦汗。埃莱娜紧紧地捏着皱巴巴的手帕，却并没有递给面前的女人，因为她知道这块用来擦她的口水的破布根本拿不出手。就好比您的女儿，她甚至不认识我，您的女儿没有成为母亲的勇气，却按照自己的意志支配我的身体，就好像这具身体是她的一样，今天您也是这样，您不是来清算什么债务的，您是想来犯下相同的罪行，在二十年后的今天。伊莎贝尔看着她，又重复了一遍，您是来利用我的身体的。我不是，埃莱娜说，几分钟前您不就是这么说的吗？不，我来不是为了这个，但刚才您就是这么说的，我不知道我说了什么，您应该知道的，您把我搞糊涂了，您来我家到底是为了什么，女士？您把我搞糊涂了，要是您来不是为了这个，那是为了什么呢？您一次性说清楚，然后离开吧。埃莱娜看不到伊莎贝尔的眼睛，但她知道她哭了，她是通过伊莎贝尔双腿的动作以及颤抖的频率得出的结论。现在轮到她决定给对方一点时间了。埃莱娜再一次看向地毯，伊莎贝尔的一只脚蹭着另一只脚，就好像在相互抚摸一样。她把视线从那两只脚上移开，找寻着小猫，却并没有看到它的踪影，她知道自己应该说些什么，为自己辩驳，说不，我不是为这个来的，说她不是来犯罪的，她这一生中从未犯过任何罪，但是她做不到，她不能清晰地思考，她不知道。她不知道了。这时，伊莎贝尔又开口了，她哭着第三次问出了那个问题，那个她们两个都无法找到答案的问题，您来我家到底为了什么？埃莱娜在脑海中重复着伊莎贝尔的问题，尽量不让自己听到那阵她不想再听的哭声，然而，夹杂着抽泣声的字句像海潮一样涌来，搞得她头晕脑涨，迫使她不得不回到国王，回到婊子，回到左旋多巴和多巴胺，回到那些街道，从后往前，再从前往后，但是背到一半就出错了，她知道她漏了几个名字，突然之间又有更多的名字出现在她脑海中，她坚持着，重复着，她慌乱了，伊莎贝尔的抽泣和问题使她无法踏上那条通往祈祷的道路，为什么您那么确定您的女儿不是自杀？因为下雨了，见鬼，埃莱娜生气了，我的女儿害怕避雷针，她怕闪电劈到她头上，她从来不会在雨天靠近教堂。伊莎贝尔纠正道，从来不会不是一个能用在我们身上的词，我们总以为很多事情我们不会去做，但是，当我们真的置身其中，却做了。埃莱娜感觉自己体内燃起了一股无名之火，血液在身体里沸腾着，她不知道该做什么，说什么，或者说她其实知道，她想揍面前这个女人一顿，抓住她的肩膀，使劲地摇晃，就这么抓着她，直视她的眼睛，大声喊道，你给我闭嘴！你赶紧把嘴闭上！不过，就算她再怎么想，也做不到，她甚至无法站起身离开，她只能在那里，在那座房子里，被困在由她自己设下的陷阱中，被迫听着伊莎贝尔想要告诉她的一切，就像某种诅咒。尽管如此，这种诅咒最无可救药的一点，也是它最不可避免的一点，就是，那股火逐渐退却了，她的身体松弛下来，她又变回了那个伛偻的女人，低垂着头，听着另一个女人想要倾诉的一切。伊莎贝尔用双手擦干了眼泪，又在裙子上擦了擦手，做了个深呼吸，确保自己不会再哭泣了，之后，她说，我曾经发过誓，我永远不会堕胎，但在我还没有怀孕的时候，我仍然会思考这种可能性，我的决定存在于我的脑中，而不是我的体内，肚子里什么都没有的时候我一直觉得自己不会堕胎，直到我有了；有了之后，我去查看检查结果，没错，那个时候开始那个想法就在我脑中消失了，我第一次真正地知道了。伊莎贝尔看着埃莱娜，等着她说些什么，但她还无法开口，于是伊莎贝尔继续说道，人总是混淆相信和知道，人任由自己混淆这两者，在我看到检查结果的时候，在我看到我真的怀孕了的时候，我才知道我肚子装着的不是一个孩子，我得尽快解决掉它。埃莱娜用手帕擦了擦脸，就好像她也出汗了一样，她感觉到湿漉漉的手帕拂过她的脸。伊莎贝尔对她说，患上帕金森会有什么样的感受，人们可能已经和您说了无数次，用精准的术语、图表、图片，但是只有在这种病入侵您的身体之后，您才能真的明白它意味着什么。一个人是无法想象疼痛、罪责、羞耻和屈辱的。人们只有在直面生活的时候才能知道这一切，生活就是我们必须经历的巨大考验。伊莎贝尔停了下来，走到床边，凝视着窗外，要是埃莱娜能够看见，她就会看到一棵树的树冠，上面长满了绿色的新叶，但她看不见，只能在心里问自己，这个女人在看什么。我从来没有爱过我的丈夫，您要知道，结婚的时候，我们两个都很青涩，起初的几个晚上我根本无法打开自己和他做爱，我们做不到，直到婚后的第三个月，我们才成功，其中还掺杂着暴力，他掰开我的双腿，说，你会打开的，不管怎样你都会打开的，之后的几天我身上一直有淤青，还伴随着疼痛，持续了很长时间的疼痛，不只是那天晚上，这样的情况一直持续着，直到我怀孕，在那之后他再也没有碰过我，他已经二十年没碰过我了，和您说这些会让您感到厌烦吗？对埃莱娜来说，被掰开的双腿所感受到的痛苦和她的痛苦比起来，简直不值一提，但她没这么说，只是做了个手势，让面前的女人继续往下说。他和他的伙伴一起寻欢作乐，去旅行，他是他的知己，我的丈夫让他做了胡列塔的教父，就是放在壁炉上的那张照片里站在胡列塔旁边的那个人。伊莎贝尔走向壁炉，拿起那张照片，她端详了好一会儿，才把它递给坐在扶手椅上的埃莱娜。埃莱娜接过照片，看了看，他，伊莎贝尔说。两个女人又一次陷入了沉默。埃莱娜不知道该拿手里的照片怎么办，她拿起了另一张，更早些时候她看过的那张，在那张照片里那个男人，胡列塔的父亲，拥抱着他身旁的两个女人，埃莱娜把两张合影叠在一起，递给伊莎贝尔，而伊莎贝尔看都没看，就把它们放回到了壁炉上，将它们摆在曾经的位置上，准确无误的角度，准确无误的距离。我丈夫强行占有我的那个晚上他也在那里，我没看到他，房间里漆黑一片，但我很确定他就在那里，马科斯一个人是不敢那么做的，他也做不到。伊莎贝尔又在埃莱娜面前坐下。您们把我带回来的那个下午他也在，别让我进去，我求您们。在我怀孕的那九个月里，他帮我丈夫控制着我，他们几乎把我当成犯人，给我打镇静剂，一个女诊疗师成天看着我，就好像我是个疯子一样，你疯了，他们对我说，还有另一个护士每天晚上都来，监视我的睡眠，他们安排了一切，而我任由他们这么做，我从来就不是一个坚强的女人，唯一一次我鼓起勇气，就是我们认识的那个下午，我去了您家附近的那个地方，这个女人是谁，里塔？为什么你回来了？是某种召唤，妈妈。一个在我丈夫的诊所工作的女护士给了我这条线索，去拿检查结果的那天早上，她看到我在哭泣，她肯定也听到了叫嚷声，那时他已经知道了，化验室的人早就把结果告诉他了，在那个地方也有那种会给掌握权力的人透露消息的人，我去求他了，告诉他我不想要孩子，他打了我一巴掌，说他为我感到羞耻，说他不和我离婚就是因为我肚子里的孩子，我从他的办公室里走出来，站在走廊上，我想离开，但我做不到，于是，我在椅子上坐了下来，这个时候那个女人走到我的身边，那个女护士，她什么也没说，只是把一张纸塞进了我的口袋，上面写着一个地址，还有一个名字，奥尔加。我从来不是一个坚强的女人，我好不容易积攒起来的勇气都丢在了您和我相遇的那天下午。埃莱娜还在颤抖，伊莎贝尔走到她身旁，尽管伊莎贝尔什么也没说，埃莱娜仍然能在脑海中听见她的声音，一遍又一遍地重复着，您来是为了什么？这是一个不停盘旋着的声音，搅乱了她自己的，她甚至无法在脑中背诵那几条能够将她带回家中的街道。一天，某一天，您女儿看到我在人行便道上呕吐的那一天，或者您女儿死在教堂钟楼上的那一天，又或者说今天，生活总是在考验我们，这可不是只在想象中存在的戏剧场景。这是我们直面真正的启示的日子，我们孤身一人，与自我面面相觑，在这一天，任何谎言都失去了意义。伊莎贝尔又一次走到窗前，理了理窗帘，解开了系在上面的绑带，又把它系了回去。伊莎贝尔看着埃莱娜，看着面前这个没有任何回应的女人，看着面前这个低垂着脑袋、无法抬头看看她的脸的女人，她靠近她，等待着，她一言不发地站在她身旁，给予她足够的时间，等待着她开口说话。那天下雨，埃莱娜终于能够说话了，伊莎贝尔不愿再流露任何的怜悯，说道，我们不要再谈论雨了，这就是我能够谈论的一切，这么说来，您什么也没有，您对我还有什么指望呢？埃莱娜又一次生起气来，于是，伊莎贝尔解释道，我对您没有任何指望，是您来了我家，您把我搞糊涂了，埃莱娜说，您让我彻底糊涂了。伊莎贝尔再一次开始等待，给她时间，等到觉得埃莱娜可以继续聆听了，她才说，等到我的月经没有按时来，等到化验结果证明我怀孕了，我才意识到到底是怎么回事，为什么您不想想，您的女儿到底在生活中经历了什么考验，才会在那样一天做出一件她以为她永远不会去做的事，在雨天靠近教堂，才会决定在那样一天走在闪电和雷鸣中央，即使根据她的说法，这两样东西可能会给她带来无法挽回的死亡，或许这就是她所寻求的东西，她寻求的或许就是她所惧怕的东西，她希望那些闪电中的一道能把她劈成两半，但她没能如愿，她浑身湿透，却依然活着，这时她走到了那个曾经欺骗过她的地方，于是，她决定爬上钟楼，找一根绳子，尝试着打一个她一直以为自己会打的绳结，然后，她把绳子套在脖子上，把自己吊死了。

3

————————

里塔去找了贝内加斯医生,那时距她吊死在钟楼上还有两天。埃莱娜不知道这一点,里塔没有告诉她。她女儿死后,阿维亚内达探长告知了她这个细节。埃莱娜很想知道那天他们说了些什么,之前她一直觉得没有问的必要,此刻她很想知道,却无法向那个能够回答的人提出这个问题。但是,她知道十五天前他们说了些什么,因为她也在那里。那是她和里塔最后一次一起去见贝内加斯医生,只不过不是在他的诊室,而是在医院。他建议埃莱娜住院两天,做一些常规的检查,最好把这些检查都做掉,埃莱娜,如果不一次性把它们都做了,就得来来回回地跑好几次,您的身体状况可不允许您这么折腾。埃莱娜住进了医院,带了两件新的睡衣,尽管她只穿得了一件,但自从她得了这个病,就总会备一些新的睡衣,以防万一,如果他们突然要我住院。然而，住进医院之后，她反而想保留其中一件新睡衣，不去穿它，尽管她也说不清这到底是为什么。他们给她抽了血，做了磁共振，敲击她的膝盖，测试她的反应能力，检查了她的眼睛，用她已经不记得叫什么名字的器械或射线。他们检查了，这是她确信无疑的。他们让她走几步，抬高手臂，再放下，坐下，站起来，让我们看看，玛丽亚，他们对她说，因为尽管从来没有人这么叫她，在住院时填写的表格上，她的名字是玛丽亚·埃莱娜，玛丽亚·E[①]，但他们忽略了后面的这个 E，他们问了她一些问题，您在服药后多久才会觉得舒服一些？药物要过多久才能起效，玛丽亚？多久药物能完全生效？能持续多长时间？他们把她的每一次回答，还有他们观察到的一切都记了下来，负责为她检查的医生是这个国家最资深的帕金森专家之一，贝内加斯医生告诉过她们这一点，以及他的团队，因为专家是不可能独自前来的，他总是带着他的团队，团队的每个人都为自己的身份而感到自豪，这是一个由十名一直跟着他学习的医生组成的队伍。有时候他们会三两结伴，来问她一些已经问过的问题，给她量血压，或者只是来看看她。有时候他们会搞错病人，向她提一些和她从未听说过的疾病相关的问题。他们会询问她是否出现了一些她从未有过的症状或疼痛，每到这种时候，埃莱娜都会感到高兴，因为她没

---

① 此处的 E 是埃莱娜（Elena）的缩写。

有这些症状，也没有这些疼痛，说明她的情况还没有那么糟糕，直到他们提了某个问题，或者偶然发表了一句评论，今天您的丈夫没来吗，苏莱玛？她才会意识到他们搞错人了，进错了房间，记错了病史，或者走错了楼层。但她对他们还是很友善，因为她知道，如果有什么人能够帮她，那就是医生，如果有很多医生，那就更好了。然而，他们没能帮她。结束了两天的检查后，贝内加斯医生带着结果来了，您们也知道，对帕金森病及其进程的研判只能通过临床研究来实现，我们是无法通过血液和身体中的任何指标证明一个人患有帕金森的，当然了，也无从了解病症的严重程度，处于什么发展阶段，我们只能观察每个病人的临床表现，您们明白吗？贝内加斯医生说，两个女人并没有反应，于是，他继续说道，在这种背景下，我必须告知您们一些信息，将我们得出的一些结论传达给您们，说吧，医生，里塔说，埃莱娜，我不知道您是否，说吧，医生，埃莱娜应允了，您母亲得的是一种特殊的帕金森病，我们把它称之为帕金森加，我这么说您能理解吗？加？埃莱娜问，更加强的，比普通的帕金森病更加严重，贝内加斯解释道，我们做了一系列的检查，才得出这个结论，现在已经可以确定了，就是帕金森加，加，里塔重复道，对，医生确认道，加的意思是更多？对，更多？对，更多，还有更多，医生？里塔坚持问道，看起来是这样的，女儿，埃莱娜回答道，但她母亲的答案似乎并不能让里塔满意，她继续问道，您觉得我们现在遭受的这一切还算少吗，医生？我的意思不是说现在遭受的少，而是还有更多，而我，医生，我现在不禁怀疑您是否知道自己在说些什么，里塔！埃莱娜大声制止了里塔，您说得是更多，她的女儿没有理会，接着问道，比流口水更多，比尿失禁更多，尽管她天天洗澡，闻上去还是有一股尿骚味，比没法按照自己的意志往前迈出哪怕一步更多，比拖着脚步更多，没错，她确实能够迈步了，多亏了左旋多巴，是这样吗，告诉我，医生。她又重复了一遍，告诉我！她死死地盯着贝内加斯，直到后者终于做好准备，打算履行他作为医生的职责，里塔，我觉得在您母亲面前我们得，话还没说完，便被里塔打断了，比只能盯着地板看更多，比注定要低垂着头走完她的余生更多，就好像为自己做的什么事感到羞愧一样，比成为一面让人讨厌的镜子更多，人们要么对她避之不及，要么看着她，却看不到将来的自己，更多？里塔，现在不是时候，我理解，不，您根本不理解，里塔马上反驳道，医生没做错什么，女儿，我也没有，妈妈，我们还是走吧，埃莱娜请求道，但里塔还没把想说的话说完，比坐下后只能让别人扶她起来更多，比没法自己剪脚指甲、系鞋带更多，更多？还能比艰难地吞咽，感觉无法吸入空气，随时都可能窒息而亡更多？比用手吃饭更多，比试上千百次才能吞下一颗药片更多，比只能用一根可笑的塑料吸管或者特殊的金属吸管喝水更多，比不能自己脱下或穿上内裤，在上完厕所之后给自己擦屁股更多？我们走吧，女儿，埃莱娜试图说服她，但她已经听不进任何人的话了，还有更多吗，医生？比不能自己扣上衬衫的扣子，戴上腕表，拉上手提包的拉链更多，比不能自己装上或者拿下假牙更多，比没人搀着她就会倒向一边更多，而且慢慢地，她甚至感觉不到自己跌倒了，直到发现自己躺在某个地方的某条长凳上，面对着某个人，比勉强才能签下自己都看不懂的名字更多，比接受嘴巴无法闭上，无法清晰地发音，无论别人再怎么努力，如何专注地聆听，如何尽可能地发挥自己的想象力，都无法理解她说出的词句更多，更多？您说还有更多，医生？我邀请您，贝内加斯试图应对里塔提出的问题，却又一次被粗暴地打断，别邀请我做任何事。里塔站了起来，双手撑在桌上，把脸凑到医生面前，要是您能够做到的话，看看她无神的双眼，面无表情的脸，还有那空洞的微笑吧，对这个可怜的女人，您还能要求更多吗？您的母亲很坚强，您应该心怀感激，那么对我，您对我还有什么要求吗？对，里塔，对您我还有一些要求，很抱歉，但事实就是这样，我们对您还有一些要求，您指的具体是什么？在您母亲面前，我没法说得更具体了，我不是在请求您，我是在命令您，我也想知道，医生，埃莱娜请求道，告诉我您还需要我做什么吧，既然您想听，埃莱娜，我就必须把我知道的一切都告诉您们，您的病情发展得比预计更快，或许过不了多久您就起不了床了，没有他人的帮助，您甚至吃不了饭，也没法自己去上厕所，您只能吃稀食或流食，您的吐字会变得越来越模糊，让人无法理解，您无法继续阅读，甚至可能会出现老年痴呆的症状，遗忘，间歇性空白，而您，里塔，您得考虑找个人在您上班的时候照看您的母亲，您得尽早安排，这对你们两个都好，时间不等人。里塔直起身子，视线却没有离开医生，说道，您指的是死亡吗，医生？不，和生存无关，我们现在讨论的不是生存的期限，而是这段时间里的生活质量，还有什么别的办法吗，医生？没有了，里塔，这是您的母亲必须面对的考验，这是我必须面对的考验，女儿，这是我们必须面对的，妈妈，没有任何补救措施，没有任何解决办法，没有。里塔依然直勾勾地看着医生，说道，对了，还有一种解决办法，医生，什么办法？您知道的，您指的是什么？加，您刚才说，而我想的是，如果一个人不再想要更多，您知道的，我不理解您的意思，每个人都有选择的权利，医生，不是的，里塔，这不一定，一个人继续活下去，就有希望，您的母亲会活下去，她想活下去，我想活下去，女儿，我不是在说我的母亲，如果还会有更多，我不知道自己还能不能坚持下去，你想把我送去养老院，不，妈妈，我不想送你去养老院，不，你可以不管我，如果你不想的话，可以不用照顾我，但请让我待在家里，你根本没懂，妈妈，您可以的，您当然可以，为了您的母亲，不，我想待在家里，里塔，我可以的女儿，现在轮到我们报答他们了，为了他们给予我们的东西，您的母亲需要您，就像多年前您需要您的母亲一样，您必须成为您母亲的母亲，里塔，因为我们曾经认识的埃莱娜将会成为一个婴孩，一个婴孩？您在说什么，医生？我的母亲不可能成为婴孩，婴孩是可爱的，他们的皮肤光滑白皙，他们的口水是清澈的，透明的，日子一天天过去，他们的身体会慢慢长开，有一天他们能学会直立行走，他们会长出崭新的、洁白的、健康的牙齿，但在我的母亲身上发生的一切都与这些相反，您看看她的样子，她将无法控制自己的括约肌，大小便失禁，她将无法说话，成为一个哑巴，她不再能够直起身子，而是会变得越来越佝偻，越来越驼背，越来越听天由命，而我注定要亲眼目睹这一切，看着她苟延残喘，她的身体却逐渐死去。里塔哭了，这是这么长时间以来的第一次。不，医生，我妈妈不会成为一个婴孩，我也不觉得我能够成为您希望我成为的母亲，我们会帮您的，里塔，帮我还是帮她？帮您们两个，您看，贝内加斯医生说着，从他的文件夹里拿出了一个装满了小册子的信封。他从里面选了几本，把它们摊在桌上，朝向两位女士所坐的方向。里塔任它们被风吹得哗啦作响，她伸出双手，却没有接过医生递来的宣传册，只是擦干了脸上纵横的泪水，于是，埃莱娜伸出手，张开手掌，等待着贝内加斯医生把那几本小册子放在她的手心。谢谢，她说，用她最大的力气尽可能地抓住那几本宣传册，然后，她将手臂伸向她的女儿，示意她扶自己起来，再然后，她们便离开了。

她们走路回家，一个跟着另一个，里塔在前，埃莱娜则落后她两米。就像遭受了言语鞭打。就像她们吵了架一样。但实际上她们根本没有吵架，甚至在回家的路上没说过一句话。里塔比以往走得慢了一些，但仍然没有慢到能让她的母亲拖着步子跟上她的节奏。到家后，里塔就把自己锁在了房间里，埃莱娜则去厨房准备这天的晚餐。她准备煮些面条，便往锅里倒了水，开始加热，她等待着。在等水沸腾的时候，她从包里拿出贝内加斯医生给的宣传册，打算叫她的女儿一起看，但里塔正在泡澡，没有回应她的呼唤，于是，她便独自阅读起来。埃莱娜跳过了她已经清楚的部分。她的视线并未停留在对疾病笼统的介绍或者常见的症状上。她只关注那些她不了解的信息。鱼脸[①]或面具脸，面部肌肉僵硬，缺乏面部表情。她努力想要看清窗户玻璃上渐渐被水蒸气遮蔽的、自身的映像。在她身上出现鱼脸的症状了吗？她从未意识到，也从未有人告诉过她这一点。或许是的，她紧闭双唇，就像要亲吻某人一样，之后，她张开了双唇，又再次紧闭，就这么重复了好几次，就像那条把她的脸藏起来的鱼正在用鳃呼吸一样。或许是的，鱼脸。坐立难安，无法一动不动地坐着；这个症状她没有，她能够平静地

[①] cara de pez，类似英语中的 fish face，形容人面无表情，不易判断他们的心理状态。

坐着。至少现在还可以。运动障碍，她觉得自己也没有这个症状，但接下来的阅读让她明白，这个术语她不认识，但它说的就是她的症状：运动能力的下降。便秘，有时候是这样，用贝内加斯医生的话说就是肠胃变得怠惰，但没有什么是吃煮蔬菜和加了糖的果泥无法解决的。她不再关注症状，开始阅读导致这些症状的原因。她不在乎损伤了大脑黑质的到底是某种毒素还是自由基[①]，也不在乎遗传原因导致帕金森症的几率，百分之十五，她不记得家族中有人得过这种病。她被一些有趣的信息吸引了，比如说，这种病之所以叫这个名字，是因为"英国医生詹姆斯·帕金森[②]于 1817 年率先描述了这种疾病，尽管那个时候它还被叫做震颤麻痹[③]"。埃莱娜停了下来，思考着这个动词。描述一种疾病。观察它，关注它，然后把与它相关的一切告诉其他人，当然，这其中必然存在自相矛盾的部分，就像说一具已经麻痹的身体还会震颤一样自相矛盾。向她讲述这种疾病，现在她比任何人都了解它，因为它就在她身体内。或许在描述这种疾病的时候，她能够做得比帕金森医生还好，所以这种疾病或许也能被叫做"埃莱娜的病"。或者就叫埃莱娜，没有任何多余的东西，就像帕金森一样。在继续阅读如何生活得

---

① los radicales libres，化学上也称为"游离基"，是指化合物的分子在光热等外界条件下，共价键发生均裂而形成的具有不成对电子的原子或基团。

② James Parkinsin（1755—1824），英国医生和科学家。

③ parálisis agitante。

更好，一本献给帕金森病人和看护者的小册子之前，埃莱娜又叫了里塔一次。水依然在这间房子唯一的浴室里流淌着，里塔依然没有答话。埃莱娜又一次独自阅读起来，小册子谈论了焦虑、沮丧和苦闷，无论是患者本身还是照看他的人，小册子把后者称作"看护者"，都会有这些情绪困扰。里塔。上面有一条给看护者的建议，让他们做一些放松练习，通过呼吸技巧缓解紧张情绪，边深呼吸边反复默念"让紧张情绪流动起来，从脚底流出"。或者在十五分钟内反复吸气，呼气，边默念"冷静"，就好像它是句咒语一般。冷静。冷静。埃莱娜想，更适合她的咒语或许是，狗屎，狗屎，狗屎。她站起身，准备把面条下到锅里。费了好大的劲儿，她还是没能打开面条的塑料包装袋，于是，她拿起一把刀，在袋子上划了一下，打开了它。一些面条掉到了地板上。她把剩下的倒进锅里。做完这些后，她走回桌前，拿起最后一本小册子。过上更好的生活的建议，三大类：与他人共同进行的活动，让人有成就感的活动，令人愉悦的活动，小册子建议每位患者以及每位看护者根据自己的情况列一个清单，每天完成清单上的两个活动。她接受了这个建议，在脑中列出一张表。她还阅读了印在小册子上的示例，并把它视作模版。和朋友一起运动，购物，去海滩，参演戏剧，加入合唱团。对她和里塔来说这些活动都不切实际。附近没有海滩，她一辈子都没做过任何运动，她讨厌把钱花在没用的东西上，讨厌上台表演或唱歌。她继续阅读让人有成就感的活动清单。修理坏掉的灯，写一首诗，堆一个雪人，填完一个纵横字谜。她把填完一个纵横字谜加入到脑中的清单里，她问自己，这本册子会是在哪里印刷的呢，她从来没有见过雪，更没有摸过它，雪闻起来有味道吗？她问自己，雨有味道。堆一个雪人。厕所里的水声消失了，埃莱娜听到里塔房间的门猛地打开，又猛地关上的声音。她走近炉灶，锅里的面条已经浮了上来，于是她把火调到最小。她又在旁边看了一会儿，直到不用尝，单凭颜色和外观，就能确定面条已经煮了足够长时间了。她在水池里给面条沥水，几滴滚烫的水撒了出来，灼伤了她的脚背。她在脑中的成就清单上加上了一条，过滤面条的时候不滴水下来。她在一个大盘子里放了几块黄油，然后把面倒了进去。还在上面盖了一块抹布，防止它们冷得太快。她回到桌前，继续阅读剩下的清单。令人愉悦的活动：在田野上散步。没有田野，没有海滩，没有雪。看喜欢的电视节目，她把这条加入到自己的清单里。看笑话书，拥抱爱的人。拥抱。她已经不记得上一次拥抱或者被拥抱是什么时候了。她想不起来了。

里塔出现在门框旁，平静地说，你开着炉子，你会把整个房子都烧掉的，她走进厨房，没有去关火，而是在她空空的盘子前坐了下来。从她所在的那个角度，埃莱娜没法看到里塔发红的眼睛。她走到她的女儿身旁，把小册子放在她面前，你看看贝内加斯医生给我们的这些册子，女儿，里面说的一些事情，没等她说完，里塔就从她手中夺过了那些宣传册，她把它们放在眼前，一秒，只有一秒，她根本没有阅读它们，只是用手紧紧地抓着它们，用她发红的、无神的双眼盯着这些她知道没有任何意义的纸，够了，妈妈，她说，够了，她站了起来，走向仍在燃烧的炉灶，她把火调到最大，把纸放在火上，任它们燃烧。当火焰就快要烧到手时，她松开了手，被火烧红的纸片在空中飞舞了片刻，便落到了绿色的马赛克地板上，就落在不久之前她的母亲不慎掉落在地上的生面条旁，仍旧燃烧着。

里塔一动不动地看着它们，火焰噼啪作响，燃烧着，舞动着，不断变换着颜色，直到将自身烧尽，直到成为灰烬，最后，去到那个火在熄灭后会去到的地方。

4

———————

　　埃莱娜服下了她应该服下的药片，开始等待，坐在她这天早上出门寻找的那户人家的扶手椅上，和一只她刚认识的、坐在她脚边的小猫，还有一个只在二十年前有过一面之缘的女人一起，等待着。药片还在她的嘴中，她能感觉到它，只走了一半的路程，然而，她希望它能够再下去一点，进入到她的喉咙。在等待的过程中她不能说话，因为一旦张开嘴说话，药片就会向上挪移，回到它之前的位置，一切又得重新开始。她沉默着，看着这天早上她出门寻找的那个女人的小腿，尽管她没说任何话，但她祈求面前的女人能够再给她一点时间，她所需要的时间，等到左旋多巴开始溶解，她的身体就能再次启动，踏上那条能够带她回家的道路。伊莎贝尔看懂了她的手势，或者她的眼神，您需要多久都行，我已经和您说过了，我不急。

埃莱娜闭上双眼，试图回忆那些一直陪伴着她的名字，但她又一次糊涂了，这些名字混杂在一起，难以分辨，她问自己如果现在只有她一个人，她是不是就能历数那些街道，那些她在坐上回程的火车之前需要走完的街道，还有那些把她家和火车站分隔开的街道，从前往后，再从后往前，一次，两次，一百次，她问自己如果现在只有她一个人，她是不是就能说出她的祷词，其中有被推翻的国王，没穿衣服的皇帝，信使还有那个婊子；胸锁乳突肌，黑质，那个婊子还有左旋多巴。但她现在没法历数街道，也没法祷告，因为她不是一个人，一切都混杂在一起，除此之外，一旦搞错了顺序，她就会变得紧张，而这将会延缓药物生效的时间。她呼出一口气，此时她已经几乎没在颤抖了。面前的女人又给她倒了一杯茶，用托盘里剩下的材料做了一根吸管，学着之前埃莱娜的样子，用刀子把它切短了些，把它放进茶杯，之后，她走到埃莱娜面前，跪了下来，把没配小托盘的茶杯放在她手中。埃莱娜握着茶杯，尽管她没喝里面的水，却微微动了动头，像是在和她道谢，她等待着，等着面前的女人离开，但伊莎贝尔并没有回到自己的座位上，她就待在那里，和小猫一起坐在地板上，这样她才能直视埃莱娜，直视她的脸、她的眼睛。药片终于走完了它该走的路，溶解了，埃莱娜终于能够自由地活动她的嘴巴和喉咙，她喝了口茶，说道，我爱她，她也爱我，您知道吗？我从来没有怀疑过这点，伊莎贝尔说，用我们的方式，埃莱娜解释道，但她并不需要向另一个人解释什么，于是她说，一直是用我们的方式。小猫在两个女人之间喵喵地叫着。我是个好母亲吗？谁能知道呢。伊莎贝尔抚摸着小猫，小猫放心地把自己的身心都交付给她，扭动着，蜷曲着，配合着她的抚摸，无止境地索取着，不允许片刻的停歇。埃莱娜看着眼前的这一幕，伸出手去，想要加入其中，但她够不到，她的胳膊悬在空中，无所事事。她把胳膊收了回来。那天下雨，她对伊莎贝尔说。或许吧，伊莎贝尔回应道。尽管那天下雨，我的女儿还是去了，正因为那天下雨，您的女儿才去的，因为存在什么比雨更让她感到害怕的东西。我，埃莱娜坦白道。伊莎贝尔看着她，说，他人的身体，有时候，会让人感到害怕。埃莱娜又一次向小猫伸出手去，这次小猫配合地伸长了头。两个女人用手抚摸着同一只小动物。您认为里塔觉得自己也会得我的病？她问道，不，我认为她无法接受您得了这种病，她从来没这么和我说过，有时候喊叫比哭泣更容易，我真希望里塔今天能在这里，希望她知道这一切到底是怎么回事，埃莱娜说，伊莎贝尔纠正道，她一定知道，在她发现自己不想再活下去，在经历了震惊和失望之后，她一定知道。小猫从一个人身边走到另一个人身边，她们两个共享着同一只小猫。我想活下去，您知道吗？尽管有一具这样的身体，尽管我的女儿已经死了，埃莱娜哭着说，我还是选择活下去，我太狂妄了吗？曾经有人说我狂妄，别相信那些给我们贴上标签的人，埃莱娜。伊莎贝尔抱起小猫，靠近埃莱娜，把它放在她的膝头上，埃莱娜接过小猫，抚摸着它，小猫在她的腿上扭动着。您喜欢猫吗？伊莎贝尔问她，我不知道，她回答道，伊莎贝尔接着说，至少我们知道小猫喜欢您。埃莱娜露出了一个微笑，与此同时却还在继续哭泣，看起来它喜欢我，没错。现在您打算做什么？伊莎贝尔问，埃莱娜想回答，她想说，我打算等待，等到我能够走路，但突然间不计其数的词语同时涌入她的脑海，它们交缠在一起，混杂在一起，相互碰撞着，在埃莱娜能够清楚地将它们表达出来之前，它们又消失了，死了，于是她什么也没说，没有回答，她不知道，或者说，事实上，现在她知道了，但她什么也没说，没有回答，只是抚摸着小猫。这就是今天要做的一切，抚摸小猫。或许明天，在她睁开双眼，服下第一颗药片的时候。或许在服下第二颗药片的时候。或许。